散文界・无界

+

东张西望

张敬民 · 著

山西出版传媒集团 北岳文艺出版社

图书在版编目（CIP）数据

东张西望 / 张敬民著.—太原：北岳文艺出版社，2015.9
ISBN 978-7-5378-4558-8

Ⅰ.①东… Ⅱ.①张… Ⅲ.①散文集－中国－当代 Ⅳ.①I267

中国版本图书馆CIP数据核字（2015）第212640号

书　　名　东张西望
著　　者　张敬民
责任编辑　贾晋仁
助理编辑　畅　浩
书籍设计　张永文

出版发行　山西出版传媒集团·北岳文艺出版社
地　　址　山西省太原市并州南路57号
邮　　编　030012
电　　话　0351-5628696（太原发行部）
　　　　　010-57427866（北京发行部）
　　　　　0351-5628688（总编办公室）
传　　真　0351-5628680
网　　址　http：//www.bywy.com
E－mail　bywycbs@163.com
经 销 商　新华书店
印刷装订　山西人民印刷有限责任公司

开　　本　787×1092　1/16
字　　数　130千字
印　　张　10
版　　次　2015年9月第1版
印　　次　2015年9月山西第1次印刷
书　　号　ISBN 978-7-5378-4558-8
定　　价　25.00元

目 录

旅欧断想

土耳其并不遥远

美国往事

旅欧断想

建筑物象

　　访问美国，感受现代工业文明，慨叹之余仍心存慰藉，这便是中华民族殷实的历史文明。遥想当年，先祖引领世界先锋之巅，美国何有？不过是鸟兽出没的蛮荒之地，无名无姓的野孩子一个。我曾以傲慢的口吻对美国人讲：在中国俯身捡起一块破砖烂瓦都比美利坚历史长！祖宗的荫德恩泽子孙，行至何方这都是腰板儿倍儿硬的"本钱"。哪曾想，我的西欧之行却使得这份世袭自信荡然无存。论其思想典籍，星罗棋布的图书馆鼓胀得盛装不下；论其历史名人，拥塞街巷大大小小的塑像、广场难以容纳。稍微翻阅历史，陡然惊色醒悟，眼前这些活脱脱的遗留寿同康乾盛世乃至大明王朝甚或更长，尤其是历经风雨沧桑却依然坚实挺立的辉煌建筑，灿烂得感官及心灵备受刺激与冲撞，微审仰观唯有面面相觑，叹观止矣！

　　游历西欧，风光无限，如诗如画，如同痴醉于绚丽多姿的音韵乐律当中。一路景致有如莫扎特的奏鸣曲清纯明快，有如施特劳斯的圆舞曲华丽奔放，有如舒伯特的小夜曲恬静迷幻……而与贝多芬气魄恢宏的交响乐相等肩媲美的，独其烙印着历史文明光辉的建筑艺术——希腊式建筑好比"田园交响乐"（《第六交响乐》）、罗马式建筑恰似"英雄交响乐"（《第三交响乐》），诞生于法国后盛传欧洲乃至世界的哥特式建筑犹如"命运交响乐"（《第五交响乐》）。大文豪雨果曾这样赞颂欧洲的建筑：巨大石头制造的波澜壮阔的交响乐。如此兜圈子的一番颂歌式的比喻，无非想强调说明人类聚体能与智慧创造的建筑并非只是材质与用途的浅俗物件，而是历史承传现实、现实延续历史文明的具象艺术再现，是曾经或现在存在着的一个国家一个民族如典藏一般传承于世的基石砌垒，是人类社会政治经济文化发展与演进的血脉流动。不可想象，没有传世经典建筑的国度或民族，会缔造助力时代车轮的文明。欧洲人对这一点似乎早有醒悟，于是对待建筑的理念近乎神圣，工期长达百年的建筑例属常规，历经几个世纪也毫不稀罕，有的甚至是承启子孙的世代工程，就像没有休止符的交响乐永无终结。由此不难想象，以如此耐力长久不懈地"磨洋工"砌造而成的建筑，会是何等常人所思不及的巧夺天工、美妙绝伦！不妨就西欧几国简约列举——

意大利佛罗伦萨，由米开朗基罗等艺术大师设计的"花之圣母大教堂"，1296 年始建，1469 年落成，工期达 175 年。这座可容纳万人的教堂，以其白、绿、粉三色大理石装饰的绚烂之美光彩照人，是世界上最大的宗教性建筑之一。堂内陈列的壁画被称为人体百科全书，米开朗基罗的伟大杰作《哀悼基督》（又名《母爱》）大理石雕像也安放于此。

奥地利的"圣斯蒂芬大教堂"是音乐之都维也纳的象征性建筑，始建于 12 世纪中叶，到 15 世纪中叶南塔完工，历时 200 多年，登临 137 米的塔顶可尽览全城。

德国的科隆，素有欧洲最高尖塔之誉的"科隆大教堂"，动工于 1248 年 8 月 15 日，直到 1880 年 10 月 15 日才竣工，先后持续 632 年，是欧洲建筑史上耗时最长的建筑物之一。

法国巴黎名声赫赫的"巴黎圣母院"，堪称哥特式建筑的经典，1163 年开工建设，1345 年大功告成，而至 17 世纪和 19 世纪又两次改建，成为今天看到的模样，前后历经几个世纪。它是法国的重要集会中心，也是造就千古巨著《巴黎圣母院》的背景。

法国巴黎的"协和广场"，建于 1755 年，竣工于 19 世纪，是该市最大的广场，许多历史性的欢庆在这里上演，路易十六也是在这里被送上断头台。

比利时布鲁塞尔"大广场"，12世纪始建，经过几个世纪修建完成，雨果称其为"世界上最美丽的广场"，马克思、恩格斯的《共产党员宣言》就诞生于广场一侧的旅馆里，各国政要（如克林顿、密特朗、科尔等）都曾慕名前来参观。

……

写到这里，我不由地想起两个十分相近的词，即"物像"与"物象"。它们读音相同，角度都具有"透视"性。前者从主观物体出发来谈客观自然作用的物理现象，解释是：来自物体的光通过小孔或受到反射、折射后形成的像。我想，这便是欧洲建筑带给观者的感受，它们所折射出的影像已绝非建筑物的纯粹本身，而透射着的是那个时代物化的文化、经济、政治等包罗万象的综合内涵。后者是被动式，意思为：物体在不同的环境中显示的现象。它所强调的是"环境"的作用，因建筑是人们根据不同需要的主观创造，所以这里指的环境便成了社会范畴，故而也才可称其为"现象"。由此，我自然联想到了中国过去与现在建筑的"生存"物象。论历史悠久，中华民族虽不及"两河流域"，但对偌大世界而言仍属祖宗辈；论文明成就，过去和将来的地球人都会诚服敬佩中华民族的渊深智慧。黑头发黄皮肤的先祖们对人类文明的巨大贡献是铁定的。然而，一个不幸的事实也是无法修补的，不管是七千年还是五千年的文明史，细数古老中华诸朝遗存的标识性完好建筑又有几处？按照惯常，君王天子的登基总是以兴建宫殿先行的。如果这样推算，恐怕中国历朝历代的象征性标识建筑应该是世界上最多的国家之一，更何况其幅员辽阔，民族众多，官吏与官府层层叠叠遍及疆土，附设和附和朝廷的官方及民间建筑必密若丛林。可事实上，能留给我们看得到的少得可怜，大多数的历史"建筑"只是考古专家及学者才看得懂的废墟或是描摹在书卷、画轴上的激发意念想象的辉煌描绘。为什么会这样？深研细究原因纷繁复杂，但最主要的是中国沿袭久已的封建体制所造就的观念意识。古人晓得，建筑象征着王权与统治，只有毁掉这个象征才意味着改朝换代，江山易主。于是，砸烂旧世界建立新世界便成了铁定的规律，称王者必砸烂旧王朝的建筑，取而代之的是更为精美宏伟的新建筑。如此循环往复，中华大地更朝迭代几乎都在废墟中重建，又在硝烟战火中摧毁。因此，后人所能见证的物化历史，大多也只能是荒草丛生、破砖碎石的废墟、遗迹，而躲过劫难有幸仅存的也未必都是那个时代最具代表的经典之作。如此这般，与欧洲相比，我们能承载得起中华历史负荷的建筑及物化了的民族智慧就显得极为匮乏了。

也许有人会说，建筑物与食品的保鲜一样，由于材质的不同其耐久寿命也不尽相同。这一立论无疑是对的，欧洲的建筑一般是用坚硬的石材建造，而中国的建筑多用木料泥瓦。有如此差异是何故？探究缘由深浅皆有，从客观角度讲是因为地理位置的不同，本着就地取材、因地制宜，欧洲便靠山吃山，拆岭凿石；中国则相异，王朝故都大都建在黄土高原，土层深厚，树木参天，也就顺其方便择取和泥锯木了。显而易见，木材与石头相比谁的寿龄会更长，自然所耗建造时日更是相去甚远。但从另一个层面看，建筑选材的不同也是必然，单说中国，一个帝王诞生的头等大事有两件，一件是修筑宫殿，一件是建造陵园，好使自己生可观其亡之居，若用石头精工细作，活人也得耗成干尸，无人有这样沉稳的好性子。想想看，一个人活在世上不过几十年，如此浩大建筑工程容有足够的耐心，因此随王者所需所愿，必争分夺秒，刻不容缓，于是木材和泥灰成了建筑主体构件的必然选择。少了西方人修造建筑的神圣与从容，在坚硬的石头上弹奏波澜壮阔的交响乐便如同神话；既是这样的追求遥不可及加之强权者的迫不及待，人们为了温饱乃至生存也就不去焕发"费力不讨好"的创造了，而投其所好玩弄起了讨巧的小把戏，拿起画笔大做表面文章，饱蘸艳丽至极的颜料在裹着岁月年轮的木头上涂来抹去，以渴求产生迅捷的视觉效果——金碧辉煌、雕梁画栋，我们的书籍形容古建筑不都是这样吗？不言而喻，这样的结果会造就出怎样的建筑怎样的人？故此，以往的中华民族也就肯定不会诞生什么诸如"建筑设计师"之类的称谓及"建筑艺术大师",而不足所怪地只能是那些身份卑微的把弄画笔刻刀的"匠人""手艺人"。

建筑是反映社会与时代的直观产物,造相、品质等以致命运如何,究其问题的根本是为谁而建为谁所用。如果我们稍加考量,就会发现我国遗存下来的古建筑大致分为三类:一类为宫殿、陵墓,一类为庙宇神殿,一类为民众实用及社会公共建筑。我以为,这三种类型的建筑极具典型性,第一类是为己而造的建筑,君主帝王为了自己强权统治世袭相传,万代千秋,不惜倾国之力大兴土木,修建宫殿、花园、陵墓等皇家建筑,耗财之巨取料之精规模之大极尽所能,无人匹敌,虽绝对用时的耐久功夫不及欧洲,却也是所辖版图的任何阶层遥不可攀的。如故宫,这是我们所能见得到的最具代表性的皇家建筑。它是明朝第三位皇帝朱棣为巩固权位决定迁都北京而始建的,到明永乐十八年(1420年)竣工,历经明、清两朝,易主24位皇帝。故宫未像以往历朝历代的皇权建筑(深埋地下的陵墓除外,不过幸存下来的多半也是当时未及发现)被砸烂而有幸保存至今可谓奇迹,探究社会深层缘由,研究者自有权威结论。对此,我仅作个人的肤浅认识或猜测:原因之一,游牧民族入主中原,尚无深思熟虑的定型建筑造相,加之初来乍到,王权未固也无暇稳住神儿重新修造。原因之二,大汉之地易主异邦统治,民众的传统文化心理难以承接,于是聪明的马背民族采用"拿来主义",索性入住象征着皇权的紫禁城,来个"旧瓶装新酒",巧妙地借助先朝统治者在百姓内心存留的物化了的惯性影响与权威"入乡随俗"了。原因之三,辛亥革命后,按照《清室优待条件》,逊帝溥义被"暂居宫禁",客观上保护了故宫;1924年"北京政变",虽溥义被逐出宫禁,而冯玉祥理智地将故宫挪作他用,1925年10月10日通电全国,宣布成立故宫博物院,使之性质成为国有的社会化公众建筑。原因之四,毛泽东领导的中国共产党的英明决策———和平解放北平,使故宫等中华历史瑰宝免遭战火毁灭,并且本着"着重保护、重点修缮、全面规划、逐步实施"的方针完好加以保护。由是可知，建筑的"生存"物象与国体政治大有关联。第二类是为神而设的建筑，其物象怎样关乎民族与民众信仰。我认为，就纯粹建筑艺术而言，庙宇、神殿、石窟等是最具价值与成就的经典。如四大佛教圣地的五台山、峨眉山、普陀山、九华山，藏传佛教圣地布达拉宫、道教圣地的武当山以及堪称石窟艺术宝库的敦煌石窟、云冈石窟、龙门石窟等等，这类建筑数不胜数，也是较地面其他建筑保存历史尚久尚完整的。为什么能够这样？我想是因为人们对神的无限崇拜和敬仰。信徒们在修造它们时，泥土砖瓦已不纯粹是物质而化作了精神寄托，一笔一刻一雕一塑都表现出忘我的忠诚及虔诚的祈祷。在为神所造建筑这一点上，无论是东方还是西方态度都是相同的。但是，就一座建筑所花费的单纯建造工本时间还是远远不如欧洲长，而且材质与品相甚有差异。欧洲的建筑更强调硬碰硬的具象艺术表现，凝重、精致、大气磅礴；中国则更多地采用揉搓、描摹的抽象风格，飘逸、洒脱、如梦似幻。诚然，择取怎样的表现形式主要是不同民族文化所致。然而，说到底，欧洲毕竟是费工耗时的重彩油画，中国则是一蹴而就的泼墨山水。第三类是为民而修的建筑，其目的特性为解危救困、安居乐业等，突出庶民百姓生产与生活的实用性。如民居、客栈、会馆、戏园、坝渠、路桥等等（实际上，凡是通过劳动与智慧建造的便民利民设施都属广义建筑范畴）。在我看来，此类为民建造的古建筑中最有典型意义的是驻守于四川灌县城西岷江上游的"都江堰"。这是一项集民族智慧与勤劳创造的伟大水利工程。古时，由于河道狭窄，岷江从灌县流入成都平原时常常引发洪涝灾害；而又因玉垒山的阻隔，江水无法东流，故而形成西涝东旱的自然境况。为治理水患、造福于民，战国秦昭王时蜀郡太守李冰父子，率领当地民众，特别是汇聚了众多治水经验丰富的人，凿山引水，拦堰导流，兴建了规模宏大的"都江堰"水利工程，使川西平原从此"水旱从人，不知饥馑，时无荒年，谓之天府"。时隔2000多年，今天的都江堰已不仅仅是一项变害为利的水利工程，而"以独特的水利建筑艺术创造了与自然和谐共存的水利形式"（专家语），越来越显示出中华民族文明历史的丰厚内涵。世界遗产委员会这样评价："建于公元前3世纪，位于四川成都平原西部的岷江上的都江堰，是中国战国时期秦国蜀郡太守李冰及其子率众修建的一座大型水利工程，是全世界至今为止，年代最久、唯一留存、以无坝引水为特征的宏大水利工程。2200多年来，至今仍发挥巨大作用。李冰治水，功在当代，利在千秋，不愧为文明世界的伟大杰作，造福人民的伟大水利工程。"

我敢说，李冰父子在率众汇建都江堰时，决然不会想到后人会以无比崇敬的心情做出如此高度的评价；如果当时父子二人抱着个人得失的功利思想，也决然不会创造出举世叹服的伟大建筑。之所以是真诚为民而建，民族的智慧与创造才竭力焕发到极致，原本冰冷的建筑才熔铸了温厚的情感、流动的血脉以及鲜活的灵魂。于是，伟大的建筑托起了筑建者伟岸的身躯，千秋万代，相映成辉。都江堰这样的建筑经典，在世人心目中矗立起的是寿同日月、天高地阔的丰碑。

……

建筑是与人类活动最密切的物质形态。好的建筑是物质与精神追求的和谐统一，技术与艺术完美结合的科学构建。在这一点上，而今人们的认识不会再生疑义，即便是那些不学无术者也会为了佯装"有文化"的体面随声附和。然而，我们以这样的法度审视回望古代建筑时，也该毋庸回避地直面审度时下中国的建筑物象。

我不敢断言，如今网织于中华大地的现代建筑没有传世精品，但直言不讳地说较之数不胜数的建筑物数目少之甚少，至于体现民族文化思想精髓的更不待言，风起云涌取而代之的是毫无个性韵味的所谓国际化。真不知，缺少了民族特质又何以国际化？这个道理太浅显了。借鉴是必须的，而要丢弃自己老祖宗的灵性去削足适履、一味装扮作"洋人"的模样，那不成了"邯郸学步"的千古滑稽了吗？去看吧，大江南北多有这样的"杂种"！建筑原本就是艺术，无论观瞻还是住用都应以神圣的责任和虔诚的膜拜去悉心建构。因为，说远了，它是社会演进物化的历史，是民族文明灵性的凝聚；说近了，它是关乎民生起居、性命安危的大事，是行善积德、施恩送福的良心工程。佛语言：种善因得善果，种恶因得恶果。就眼下的建筑物象看，我敢肯定地说有许多人终究要遭报应的！一座座桥梁断裂、一条条道路塌陷、一栋栋高楼倾覆、一道道坝堤溃决……如此丧尽天良的"豆腐渣"建筑裹挟着无数个无辜的生命殉葬倒下，媒体频传的噩耗令人惨不忍闻，惊悸胆寒。当今中国之建筑大都已经或正在失去人本的天良与灵性，附着其上的是世故与鄙俗的交易、金钱与权位的诱惑。于是，积淀着深厚民族文化的土地上便有了心浮气躁的"应景工程"、急功近利的"政绩工程"以及巧取豪夺的"腐败工程"等等。怀有如此伎俩的权力者胃口极大，往往唯利是图，决不肯放弃任何一次攫取的机遇，因此便出现了眼面前的黄金地段转包他建、工期数月而寿命不及二十几年的建筑抵偿租用于承建者30年的怪现象，而所谓土地及建筑所有单位的职工却只能拥挤在狭小办公空间望楼兴叹！无需再费口舌，受这样的意念驱动何以能耐着性子与欧洲建筑的"功夫"与品质相攀呢？甭说几百年、几十年，倘若真有法术恐怕恨不得一夜建成，什么建筑的精品、民族的智慧、文明的物化等等都统统见鬼去吧。

建筑归根结底是人造的生命，它是人格的化身、铭刻的碑碣、文明的延续。在欧洲，人们看到建筑想起的是缔造它的设计师、艺术家；在中国，人们面对建筑记住的是决策它的主人或权力者。其建筑物象犹如观相照影的诚实的镜子，正所谓人造建筑，建筑造人。

拆 呐

　　利古里亚海东岸有座意大利古城，它的遐迩闻名缘非历史悠远，而因一座教堂的钟楼。

　　这钟楼的建构究竟有何巧思妙想，在我眼里欧洲教堂五花八门的钟楼，其主要职能亦同曲同工——神明教化信徒的慈鸣善响，凡界倾听上苍的天籁之音。然而，它却犹如神力，召唤得世界各地芸芸俗人接踵拜谒，是何魔法？就一个字——斜！平地高楼在于直，而它有悖常理，反其道而斜之，且斜而不塌，于是乎人心痒了，也就驱使着临险览奇了，这就是意大利比萨城中举世闻名的"比萨斜塔"。

　　原本，设计师绝非想把这8层大理石圆柱形的钟楼刻意倾斜，却是雄心勃勃矗立一座重1.42万吨、高54.4米的罗马式建筑典范的丰碑。然而，1173年开工之后，工匠们辛辛苦苦砌至第三层时才觉塔身斜了，探析原因乃造基之故，于是被迫停工达1个世纪。不明何由，耐不住性子的后人又捡起先辈的半拉子工程，年复一年继续着"危险"的施工，直至1372年盖上了竣工的最后一块石料。当时人们对建成后的斜楼做了精确测量，塔顶中心点向南偏离垂直中心线2.1米。一下子，"斜塔"之斜而不倒的声名远播，特别是1590年意大利物理学家伽利略登塔进行了著名的自由落体试验，更使得斜塔之"斜"名扬世界了。如今，600多年过去，比萨斜塔的斜度已达5.3度，偏离垂直中心线4.4米，而且随着岁月更迭仍在缓慢南倾。照此下去，专家断言此塔终究不堪重负，难逃倾覆厄运。因此，20世纪90年代初，斜塔的纠偏问题成了举世议论的热门话题，各种传媒连篇累牍炒得沸沸扬扬。意大利采取断然措施，关闭斜塔，调集专家紧张投入维护及纠偏等拯救工作。霎时间，世人关注的焦点投向比萨，心被大理石圆柱体南斜的倾力紧揪着，担忧一夜醒来神与人的伟大创造惨遭毁灭。这时，据说有位颇有建树的中国工程师经过艰苦"攻关"，研究出一种能将比萨斜塔纠斜扶正的绝佳方法，神奇之效俨然科学配方的灵丹妙药，一剂下去立竿见影。他怀着对人类文明遗产的虔诚，将"秘方"无偿捐赠意大利，愿救比萨斜塔岌岌可危之难，使之笔直站立，直插云霄，永远摆脱倾覆厄运。哪料，热脸贴上冷屁股，意大利人压根不买账，拒绝接纳这份天赐的"厚礼"，理由极端简单：斜塔改斜归正了，谁还来比萨！他们我行我素，仍以传统方式缓慢纠偏，花去10年工夫仅纠回2.5厘米，而且在确认暂无安全之忧后对登塔游人正式开放。不仅如此，浪漫的意大利人还对塔基处的草坪做了"处理"，有意修整得南高北低，造成人们视线上的幻觉误差，从而使得比萨斜塔看过去愈加摇摇欲坠了。

意大利人临危不惧，只要不倒便乐得斜塔就这么斜下去。因为，比萨的政府财政及市民的收入来源主要仰仗于这座擎天宝柱。说白了，它就是钱袋子、摇钱树，甚或日夜滚动着世界各国货币的印钞机。一旦斜塔修正，无疑是傻子生在富人家——掷出金银打水漂儿，自毁好日子。更何况，由于斜塔带来的品牌效应，比萨的其他产业也因此红红火火，什么皮革、纸张、木材、碟碗等等，甚至砖瓦泥土，只消印刻上斜塔的模样便陡然有了不菲的身价，怕得是你的想象力过于贫乏。远的不用说，即使在中国的商店或家庭找到标有比萨斜塔徽记的物件亦非难事。可想而知，意大利在借此捞取滚滚财源的同时，是怎样地将其文化、意识等其他效应尽情而浪漫地艺术放大。

如此说来，一正一斜深含学问，小涉盈亏，大系存亡，牵其左右仅一念之差。由此，是否应该好好反思一下中华民族与别国民族的观念之"差"，纠偏我们习惯了的矫枉过正的行为误差。一"差"之间，我们曾经犯下多少深重罪孽，而且现今仍在理所当然地继续。我国佛教圣地五台山的菩萨顶，曾有奇观"滴水殿"，晴天朗日庙宇四周的瓦当下也会连绵不断吐出珍珠般的水帘，以致日久天长青石地面被滴成密密麻麻的蜂窝状，引得历朝历代香客游人竞相朝山睹奇。谁想，滴水殿的厄运发生在20世纪80年代，据说有研究者为解千古之谜，攀檩登岩，卸砖拆瓦，实施"高空解剖术"，最终不晓取得"成果"如何，但日照下的滴水殿从此再也无水可滴，圣境奇观消失绝迹，令人痛心疾首。此类一念之憾比比皆是，如新中国成立之初的北京老城，围绕保城与拆城即有一番人所共知的争论，以学者梁思成、林徽因夫妇为代表的护城派，虽竭尽所能，奔走疾呼，终因抵挡不住革命者"砸烂旧世界"的排山倒海之势，千年古城随着建设大潮被拆得七零八落，取而代之的是苏联老大哥帮建的不中不西的呆板建筑。50多年过去了，人们才扼腕叹息地意识到，我们所拆掉的不仅是先祖血汗砌垒的城池遗产，而且是无法弥补的一段物化了的民族历史与文化。更为可怕的是，这股"破旧立新"的"拆城"之风并未因老京城的覆灭而遏制，相反在今日的城镇乡村仍然继续蔓延着，尤其是那些亟待甩掉贫困帽子的落后地区。前不久，我走访晋西北的偏关、河曲，一路风尘一路叹息，当年的边塞重镇、漫道雄关已面目全非，国人引以为豪的巍峨长城也只见孤零零散落坡岭的残破烽火台，劲风吹来唯有丘上野草虚弱摇荡。自古道："铜偏关，铁宁武，生铁铸成老营堡。"我在20世纪80年代曾造访过这一带，虽然历经百载，风吹日晒，城堡的砖墙剥蚀严重亦有坍塌残损，但城方墙直，雄风犹在。像这样有模有样的城池，仅我所知在偏关、河曲就有贾堡、老营堡、偏头关、万家寨、桦林堡、石城堡、楼子营、罗圈堡、焦尾城、五花城等十几座城堡，而如今都被拆得残垣断壁，屋废瓦虚，曾经威严强悍的城墙犹如被剥去战袍的将士，裸露着千疮百孔的干瘪身躯任风抽沙打、锹撕镐咬，直至遍体鳞伤、血肉模糊、死去活来，而拆毁它们的"凶手"正是当年驻守边关城池官兵的后人。这些蜗居于城堡的人们不甘贫困，依着靠山吃山的简单换算思维，拆去祖辈砌筑的坚固砖墙，垒起房舍、圈起猪圈、搭起茅厕……可到头来生活并无本质改善，一个个还是灰头土脸地围着残裸的城墙熬着苦日子。

我痛惜地望着悲凉的古城墙，心绪难平，为什么人们不享祖荫的庇护，非要拆掉含量丰盈的银城金城呢？这是先祖留下的不可再造的宝贵遗产，也是一条自然天成的黄金旅游链，其边关要塞、营寨城池连绵相接，乃一道独具特色、风格别样的雄浑风景线。真不知，当地政府为何不曾借助这份遗产，因地制宜，打造品牌，赚取财富，而任由还不甚开窍的百姓砸烂金碗讨饭吃呢？如此机遇，意大利人绝不会放弃，老本儿是要吃的，可人家懂得老本的保存及使用价值，吃老本儿要吃出商机，吃出效益。就说罗马吧，斗兽场等历史遗迹散布满城，东一截断墙西一条壕沟，破破烂烂不成样，甚至残砖碎瓦、烟熏火燎印迹都照古封存，人踪稠密处还围上现代化的钢筋混凝土护栏，真是倍加珍惜，煞费苦心，呵护保管，因此这座城市赢得了罗马帝国历史博物馆的美称，使得全球络绎不绝的游客心甘情愿倾囊相送。相形之下，正在苏醒的国人还是自觉或不自觉地守卫着传统理念上的一念之差，且看中华大地无论该与不该到处的老墙上都赫然刷着"拆"字，隆隆推土机一夜之间平整出无数块大展宏图的"新天地"，于是摩天商厦如雨后春笋拔地而起，道具般的仿古建筑争相攀比着粉墨面市，好一派热气腾腾废旧立新的大兴土木景象。此情此景，实在令人寒心，却也引发了这样一则苦涩笑谈——一伙阔绰"老外"乘飞机周游世界，当驾临中国上空，年少者见窗外尘烟荡荡、灰雾蒙蒙，大惊小怪道：这是何方？身旁老者瞅了一眼，不慌不忙摘下锈蚀的祖传眼镜，答曰：拆呐！

六月的天气燥热难当，不禁使人怀恋四月雨中比萨的凉爽。正当我挥汗如雨写完这段文字，忽然不经意间发现报章上登有一幅图片新闻，那是盘旋着的光亮勾勒出的比萨塔歪歪扭扭的轮廓，配发文字："在意大利中部城市比萨，成千上万支蜡烛照亮了夜幕下的比萨斜塔。"

花之窗

有人必有舍，有舍必有窗。

我喜欢窗子，无论行走何处，它总是我观察的景致。

我与窗子的亲近感是儿时建立的——当朝霞点亮窗子的时候，大人开始冲刺般的忙乱，接着要送我到极不情愿去的幼儿园；挨过一天，窗子的玻璃被盼得褪了光泽，这时我就会坐着快乐的自行车回到自家的窝儿。窗子是我那时的全部期待，因为它的快快黑暗能使我回归妈妈温暖的怀抱。再长大一些，我挎上了书包，惦着教室窗子的光影缩矮、消融，这时我就会饥肠辘辘迈开匆匆回家的脚步，盼着早一刻望到自家蒸腾着饭菜香雾的窗子。再长大一些，我插队到了农村，总探望着窗子浸染秋色，这时我就会乘着奔驰的火车，甩去一年的疲惫，见到自家的窗子，回到父母的身边。再长大一些，我回城有了工作，每天推开窗子迎接朝阳，青春勃发地踏上绘织着理想的跑道；夜来我会怀揣忙碌收获一天的满足，尽享自家的窗子营造的犹如港湾的宁静与温馨。而每当星月归家之途，我总会边行走边眺望路旁那一扇扇被色彩斑斓的灯光照亮的窗子，猜想窗子里的人和事；特别是遇到落雨或飘雪的夜晚，那一扇扇的窗子更会激起我无尽的遐想。每一扇窗子里都一定盛装着鲜为人知的故事——我常常这样想，渐渐地竟成就了一种观与思的习惯，也渐渐地与我职业所需融在了一起。于是，我外出采访或考察学习，必随身携带实录的眼睛——照相机，每次回来总有几张关于窗子的定格。有一次，我去山西灵石的王家大院，两个胶卷几乎都拍了各式各样的窗子，有方有圆、有长有窄、有竖有横，还有极少见到的扇形和不规则的菱形，朋友观之眼界大开，称奇叹绝，其俨然一幅中国古民居窗棂文化的艺术长卷。

我有了这样的感悟：窗子是家居的温馨、孩童的期待、青春的憧憬，当然也是逃生的天门、小偷的捷径。

然而，我对窗子更丰富内涵的认识是在欧洲。

四月的欧洲春雨缠绵，素有"欧洲天堂和花园"之称的文明古国意大利更是在丝丝缕缕的雨幔中弥漫着浪漫情调。具有上千年历史的文艺复兴发源地——佛罗伦萨，这种空气愈发浓密，无论是穿城而过的河流、密织如网的街道，还是错落有致的建筑、富丽堂皇的教堂都裹在这浓浓的氛围里，仿佛飘舞的雨、吹拂的风，无不游动着浪漫与艺术的气息，人在其中都会被熏醉。文艺复兴时期，这座文化之都托起了众多与日月同辉的文学家、画家、雕刻家、建筑师，如但丁、达·芬奇、米开朗斯基、拉菲尔、提香、布鲁内莱斯基、乔托等等旷世巨匠、一代宗师。他们留下了亘古不朽之作和永驻人间的浪漫情怀，文学、诗歌、绘画、雕塑自不必言，就是城市的建筑也以艺术色彩尽情书写着浪漫。位于佛罗伦萨中心位置的佛罗伦萨大教堂，建筑艺术家从1296年开始修建，先后用了175年才大功告成，其外观一改通常教堂纯白一色的肃穆，浪漫地装饰上了白色、粉红色、绿色大理石几何图案，并且起了一个别具色彩的名字——花之圣母大教堂。而教堂的内部则有意设计得简朴空旷，肃穆庄严。特别值得一提的是，主教堂内独具匠心的光学设计及应用，正面的大圆窗和侧面狭窄的窗户穿射进来的光线，恰如其分地突显出方形擎柱的明暗划分，这种空间与光线的韵律分配即是伟大的经典杰作。真不知，有谁能说得清，是艺术孕育了浪漫，还是浪漫创造了艺术。再看乔托钟楼，这座1384年乔托设计的高达84米的圣玛丽亚教堂钟楼，用了三年建成，其苗条典雅，拔地擎天，尤其是如同"花之圣母"一般色彩装饰四壁的光滑大理石及其众多精灵般巧夺天工的窗子，令人梦绕魂牵，美不胜收，颇感艺术之韵味，浪漫之律动，庄重之神圣。即便说到名曰"老桥"的佛罗伦萨最古老的桥，它在古罗马时代就已存在，桥面两侧起初开设卖肉点，后来是铁匠、修鞋店，现在是金匠店。从表面看去，它无奇无异，破旧不堪，既无艺术又乏浪漫，只有大大小小点缀的玻璃窗交映着灯光与阳光的亮泽。然而，当地人却不甘于平淡，反给它起了个光彩迷醉的名字——黄金大桥，并且赋予了它浪漫的生命而使其在人们眼里有了艺术的美感。相传，意大利伟大诗人但丁就是在这座桥上与他终身热恋的女子贝雅特丽齐相遇的。因此，"老桥"也就演变成了"鹊桥"，成为热恋中的男女相会的地方。可以想象，有多少动人的爱情故事在这里一幕幕上演。直至现在，河畔长堤、老桥上面，一对对情侣依旧无休无止、旁若无人地相拥狂吻，激情热烈地要燃烧整个世界。而世代忠实关注这一切的，是河岸两边那千年老宅一扇扇明净的窗子。

我穿行于佛罗伦萨，贪婪地饱览密布城中的文化历史遗迹，脚下的步履奇快如飞，生怕窄街陋巷（虽然这同样是凝聚着历史文化的遗产）的距离耗损了"走马观花"的时间。在通往"佛罗伦萨教堂"的一条古老街道，我沿着两旁的千年古宅匆匆而行。突然，掠过的一幢楼房的窗子牵回了我的视线，洁白的楼壁的二层有两扇窗子格外打眼，木制的百叶窗呈外八字展开，两条竖窄的玻璃明晃晃地镶嵌于木窗框里，恰在两扇合闭处的正中两只朱红色的小陶盆对称悬吊，盆中俏嫩的绿叶捧起几株浓艳的红花。登时，我的心被那火样的花猛地揪动了，热泪不禁盈眶。这是让人心灵感动的窗子，主人的美好情怀和对生活的热爱从普通的窗子喷射出来。我从未想过，窗子竟有如此功效，它不仅透视着家的温馨，还向世人敞开心灵的镜子，而且凸显得是这么的鲜活生动，透亮照人！我将镜头对准这两扇鲜花开放的窗子，克制着心灵得颤动按下快门，把这感动的一幕化作永久的封存。

窗子是生活的艺术、心灵的镜子，窗子是生命的呼吸、自由的放飞。

几天后，我穿越阿尔卑斯山来到德国，又看到了许许多多不同式样和功能的窗子。而令我不可思议的是，这个在第二次世界大战中九成以上的建筑被战火摧毁的国家，何以在几十年建设如此繁华，尤其是镶装着那些美丽窗子的或新或旧（仿古建造）的建筑物，简直令人难以置信这个国家曾经遭受过战争。我带着不解和疑惑走访一位德国老人，回答是一个真实的故事——第二次世界大战结束后，作为发动这次罪恶战争的德国满目疮痍，一片废墟。当时，有位外国战地记者不经意间惊异地发现，硝烟未尽的瓦砾堆里一扇残破不堪的窗子旁，一只锈迹斑斑的罐头盒中有人栽种了娇嫩的野花，那花朵迎着霞光在徐徐和风中开放。记者望着眼前景象，禁不住自语：这个民族还有希望，这个国家不会死亡！

失散的文明

　　欧洲国家博物馆多，世人皆知。物乃历史固化，博乃海量储藏，人类找到这样的方式安放历史长河里的文明浪花，真是一种经典的智慧结晶。关于这一点,欧洲人比亚洲人领悟得早，西方人比东方人做得好。它的意义与价值绝不是几间房子几幢楼厦那么简单，它是一个国家盛衰强弱的历史凿刻，它是一个民族悲喜荣辱的血脉涓流。试想，一个连民族文明的历史遗存与记忆都守不住的国度会是多么尴尬与羞惭，又有何尊严可言？而中国，在并不久远的过去就有过这般令国人不堪回想、心痛永远的耻辱!

　　游历欧洲，慨叹他国的同时又痛感切肤。这里到处散落着中华文明，莫不说博物馆里,即便是大街小巷的古董店中无一例外地都能找到中国的珍玩。这一现象，我是从奥地利开始注意到的。记得那天去萨尔斯堡拜谒莫扎特故里，进城刚拐入一条巷子歇脚，无意间溜达着就撞入街边一家小门窄户的古董店，里面除容得两三人下脚便满满当当尽是老物件，就连头顶本不高的天花板上也挂着零七八碎的东西，境况与中国同业别无二般。所不同的是，这里不兴"漫天要价就地还钱"的行规，这不，看上件小瓷瓶想买，开店的黄发碧眼的老妇咬死一口价，摇着拨浪鼓似的脑袋告诉你：休想从我牙缝里挤得出分毛毫厘！临出店时，她突然从背后开腔说：还有张清中期的红木雕花八仙桌，若有意可到店后仓库一看。真令人想不到，在远隔重洋的这等异邦小店竟有如此大件的"重器"!

这种情形几乎伴随一路，就连法国巴黎著名的埃菲尔铁塔下和丹麦哥本哈根伟岸的皇宫旁的街巷里，都能碰到有卖景德镇造的"五子佛"或绘制有"暗八仙"的鼻烟壶以及专供外销的珐琅彩香料瓶等等中国瓷器的古董店，就连十分惹眼而走俏的青花罐和大盘等也偶有见到，只是价格一经欧（元）—中（人民币）换算贵得吓人！更加没想到的是，在风车之国的荷兰，恰遇著名的阿姆斯特丹周日跳蚤市场，偌大的广场上人山人海，一眼望不到边，全是"撂地摊"和"捡漏儿"的，若不是相貌有别、语言不通真还幻化在北京的潘家园或中国任何一座城市的旧货市场。我一头扎进去，但生怕"汪洋"湮没未敢深入，只是在极短的限定时间里沿边缘地带浅浅转了几个摊位，出乎意料的是，不消费力竟找到了三件"国货"——刻有"潮邑真料点"底款的温酒锡壶、十二碟木漆绘花套盘、拳头大小的青花将军罐（后仿品），其价格亦如国内"地摊货"一样便宜且能议价，三样东西最终28欧元成交。管窥可知，我们中华的玩意儿在欧洲是何等的"普及"啊！

一路上，我脑子里沉甸甸地装着这些只要留心即随处可见的"中国制造"，特别是那些个收藏在国家、地方或个人的大大小小博物馆里的不同时代的各种中国艺术品，甚至是有不少成为人家镇馆之宝而国内难得相见的中华民族顶级文物瑰宝，如打翻五味瓶，满腹怅惋，难言滋味……我不敢妄言，这些够得上品级的东西全都是非法流入"洋人"之手的，但可以肯定无疑的是，其中有相当数量，尤其是那些惊世骇俗的文物重器是通过不光彩的手段和肮脏的渠道弄来的。谈起这，我们又不得不揭开国人积淤心底的那永远难以愈合的伤疤——

据联合国教科文组织不完全统计，全世界47个国家的200多家博物馆中收藏有中国文物164万件，加之更广泛范围内的个人收藏，流散海外的中国文物至少在1700万件以上，这个数字远远超过中国本土博物馆藏量的总和。可以这样说，亦如"有阳光的地方就有中国人"一样，几乎在世界上的各个角落，你都会发现来自中国的远可上溯千百年的文明遗迹。然而，在这个庞大的数字背后，却有着不堪回首的屈辱。虽然这些文物中有部分是通过中西文化交流（比如古有日本僧人来中国学佛学，回国会带走佛像、经卷以及当时名僧或艺术家的各类作品）、出口贸易的方式流落海外的，但也有相当数量的品级文物，特别是那些众多凝结了中华民族智慧之光的传世孤品，是被西方帝国主义列强及文化强盗以武力或欺诈手段巧取豪夺去的。其实，对我们来说，这个饱受凌侮和浩劫的年代并不遥远。1840，一组在中国历史上与耻辱相伴的数字，就在一个多世纪的年份，中华民族遭受外邦列强殃祸蹂躏的悲剧史拉开了序幕，悠悠几千年灿烂文明的泱泱大国国势孱弱，犹如病祸缠身的迟暮之人，承袭祖宗基因血脉的精神圣殿遭到肆意亵渎，大量传承着人类文明种火的文物被焚毁、被破坏、被掠夺、被偷盗……这一个多世纪的近代中国，也成了历代流失文物最严重的时期，抑或说是中华文明遭受摧残践踏的最惨痛、最黑暗的时期！1860 年，英法联军火烧圆明园，将难计其数的园中秘藏和陈设其中的传世文物及艺术珍品洗劫一空。当时的法国大文豪雨果这样说："即使把我国所有圣母院的全部宝物加在一起，也不能同这个规模宏大而富丽堂皇的东方博物馆媲美。"1900 年，也就是一个新世纪的开元之际，八国联军再陷北京城，又从圆明园、紫禁城、颐和园等抢夺走大量文物珍宝，甚至强盗本性毕露地搜刮到了民间百姓。这其中被掠走的就有世界美术界公认的超级瑰宝、现藏于英国伦敦大英博物馆的东晋顾恺之的《女史箴图》图卷。在这次浩劫中，他们还野蛮地毁灭了"代表着几个世纪文化积累的文献宝藏"——明代《永乐大典》和《四库全书》底本！

　　而就在这同一年，莽莽大漠中的古老丝绸之路上发生的一桩事件，又引来了一连串的劫难，一如在本已千疮百孔的血淋淋的伤口揉搓上一把又一把的盐。那是 1900 年 6 月 22 日，在甘肃荒漠腹地的敦煌，以"莫高窟主持"身份自居的道士王圆箓无意中十分偶然地发现了藏经洞，洞中千年秘藏着从 5 世纪到 11 世纪的经卷、文书、绘画、典籍、方志、曲子、信札、契约、户籍、账簿、佛像等旷世奇绝的众多文物。应该说，这是一次不仅对中国而且是对世界全人类历史具有巨大贡献的重要发现，所事所人都会因其功绩而相映照耀千秋的文明之光百代辉煌。然而，事情的发展偏偏不是这样，因当时清政府及其各级大小官员的腐败无能，还有本可英名流芳的王道士那很难以愚昧、贪婪即简单概论的一次次行径，竟使得在中国、印度、伊斯兰、希腊四大文明唯一交汇点的地域上复活了的敦煌宝库，变异成了西方列强和文化强盗们垂涎睒睒的掳掠之地。

开始，王道士对藏经洞看守很严，并一一向当地官府报告，还送上了一些经卷、佛像等"以供观瞻"。但他的所有努力并没有得到积极回应和重视，那些大到甘肃省政要、小到敦煌县令的官吏们个个漠然置之，不理不睬，只将宝物窃为收藏，供闲暇把玩。即便是翰林院编修、一代文人叶昌炽也有眼无珠，时任甘肃学政的他早在1903年手上就有了来自藏经洞中的佛像、经卷，但却无有触动和起码的职责警觉，甚至连走一趟去瞧瞧的兴趣都没有。就这样，秘藏千年而渊深博大的敦煌瑰宝失去了她免遭破碎支离、遗落四方的天赐唯一的最好时机。由此，一场持续数十年的罪恶劫掠，在藏经洞被发现的七年寥落沉寂过后开始了。1907年，"把眼睛盯着衰老的中华帝国"（斯坦因《考古与探险》语）的英国人斯坦因来到敦煌莫高窟，为了窃取藏经洞里的宝物，想了很多办法来接近王道士，但未获其果。后来，他得知王道士十分崇拜唐玄奘，于是装扮作信奉者，谎称自己是专门沿着唐玄奘西天取经的路途而来的，结果骗取了王的信任，最终以极低的价钱买走了24箱经书、5箱绘画、丝织品等大批无价之宝。对此，当地官府非但没有阻拦禁运，相反一些官绅还为其提供了超出游历护照限定之外的"方便"。更有讥讽意味的是，当看到一箱箱文物从眼前运走时，被斯坦因称作"潘大人"的时任新疆阿克苏道尹的潘震，竟然愚痴地露出疑惑难解的目光："为什么要把这些古代资料搬运到遥远的西方去？"可怜的"憨憨"哟！

斯坦因带回到英国的敦煌文物很快在伦敦大英博物馆公开展览，顿时震惊了文物考古界，发现东方"秘密宝藏"的消息刹那间传到全世界。1908年，法国人伯希闻讯来到莫高窟，从王道士手中买走6000多件写本及画卷。由于他是精通汉语文字的汉学家，因此挑选去的卷子更具有文物及研究价值。戏谑性的是，就在这批文物要运往法国时，这个在中国领土上肆意掠夺宝贝的外国佬，居然大模大样在北京装裱了部分卷子，并且堂而皇之地于六国饭店举办了展览……

又两年过去了，直到1910年，迟钝的清政府才在有关人士敦促下做出把藏经洞剩余卷子全部运回北京保管的决定，而此时洞中藏物或因盗卖或因失窃已流失严重，其数量惊人，难具细目。然而厄运远未到此结束，就在这批历经劫难的文物迢迢千里东归途中，每到一处即遭一次窃偷，陆陆续续一路流散，最终移交京师图书馆时仅为18箱，整理编号8697。这些被掠去的文物，有的被拿去求官，有的被拿去卖钱，有的被中饱私囊……有些遗失的经卷竟在"文革"时期的抄家中被发现。何其难堪！何其痛哉！

谁曾想，那位王道士与衰败的清政府隔膜着心肺，在移交洞藏文物时还留了一手，"将他所视为特别有价值的中文写本另外藏在一所安全的地方"（《斯坦因西域考古记》载），当1914年斯坦因再度来到敦煌时，又从王道士手里买走整整装满5大箱的600多件文物。先后还有日本的橘瑞超、吉川小一郎，俄国的鄂登堡，美国的华尔纳等也到敦煌莫高窟弄走了不少数量的经卷等，其中仅那两个日本人即盗去600卷经书及绢画，据其在回国后的报告文献记录，当时装箱的文物就达几十车之多，而如此行径竟没有遭到任何阻遏。更令人发指的是，1924年1月，美国人华尔纳组成的哈佛大学考古调查团来到敦煌，居然以破坏性的野蛮手段，用洋布和树胶粘贴去石窟中的26幅壁画（现藏于美国宾夕法尼亚州纳尔逊博物馆），还搬走了彩塑菩萨像。有了这次强盗的经历，华尔纳的贪婪之心更加欲壑难填，时隔一年的1925年5月他又来到敦煌，随身还带来了两马车用于剥离壁画的胶布，企图盗去更多具有文物价值的壁画，甚至精心策划了整体石窟的搬迁计划，幸而当地老百姓把这个"不受欢迎的人"赶出了敦煌，才使得这描绘着人类灿烂文明的瑰宝免遭灭顶之灾！据不完全统计，1856到1932年间，以各种名目进入我国西北地区的俄、英、德、法、日、瑞典、美国等考察队多达66次（仅斯坦因就来过4次），每经一次都像飓风刮过一样卷走大量中国文物。《敦煌史话》所记，仅敦煌文物一项，除中国现存的2万件外，约有5万件失落到世界各地，其中主要流散在英国、法国、俄国、日本以及美国、丹麦、德国、奥地利等国家。斯坦因从敦煌藏经洞窃取的那9000多件卷子和500多幅绘画，现分藏在大英博物馆、大英图书馆、英国印度事务部图书馆，而法国人伯希掠去的6000余件经书及画卷，现主要收藏于法国国立图书馆。

我还记得在美国访问的经历，几乎每去一次都会发现中国文物的踪影：

——在纽约大都会博物馆里，我看到了失窃于山西云冈石窟的著名佛像，它被从石窟中盗取时的一凿凿打痕还历历清晰；镶嵌于该博物馆中国厅的那幅宽10米高6米的元代壁画，众佛栩栩如生，场面宏大壮观，从壁画底层数厘米厚的土坯墙面，使人不难想象当它被切割下与山西广胜寺的母体分离时是何等的惨不忍睹！

——世界名校的美国普林斯顿大学，不仅为诞生了爱因斯坦等众多科学家和诺贝尔奖获得者而自豪，还为拥有一座藏量丰富的图书馆而骄傲，其存储的100万册东亚各国图书中就有60多万册是中文，其中有许多线装的古籍善本，还有字画古董等。作为文化使者，我被允许走进这座并不对外开放的图书馆，穿行于排排高大的老式书架间静静触摸着那些难得一觅的泛黄了的汉字典籍，还眼睁睁地看到有学生不戴保护性手套就借走了明代善本，要知道这在国内是宝贝，严禁普通读者借阅。我不解地问陪同的周质平教授，这位该校的中文系主任不以为然地说：

"书是工具，是为人服务的，不论什么版本，只要需要即可借用，这就是学校的理念。"

——在位于华盛顿区的乔治城大学，这里的中文教学搞得十分红火，有十几个班的学生学习汉语，曾七次蝉联大华府区华语比赛冠军。也许是这样的缘故也许是巧合，这所大学的镇校之宝就是一件世间独一无二的中国文物，而且在100多年前的建校之初即被创建者安放在这儿了。我在主人的引导下乘电梯来到壁垒坚实的地下室，怀着一种难以言状的心情拜谒那历经1300多年磨砺、布满岁月留痕的祖产遗物。突然，几束强光启开，明晃晃照射进铸模考究的玻璃罩里，一通近两米高的巨型石碑犹如基石一般竖立中央，壁上刀锋遒劲地刻着《大秦景教流行中国碑》。原来，这是一通唐代刻制的石碑，记述了早在那个时期外教即传入中国的史据，对于研究中西方文化交流历史具有重要的史料和独具证明的文物价值。

诚然，一个国家的文物无节制地外流失散只有在特定历史背景和条件下才会发生。但是，一个连本民族世代文明瑰宝都无力保护的国家又是何等屈辱和悲哀啊！

聚集着民族悠久文明历史和智慧的文物遗产失落世界各地，这已成为中华儿女心中永远的伤痛。讨回这些物化了的祖宗遗产，也成了炎黄子孙一代又一代的宿愿。新中国成立后，人民政府开始以对历史负责的郑重态度关注流失海外文物的回归问题，并通过外交手段或出资购买等方式收回一些文物。与此同时，民间团体以及有识之士也为此长期奔走五洲四海，寻找、收购、呼吁、呐喊……竭尽所能，不懈努力。然而，人们都清楚地知道，这是一次以民族的名义而进行的曲折艰辛、旷日持久的"长征"，殷殷期待的"国宝回家"之路漫漫修远兮。1995年6月24日，联合国教科文组织成员国签订了《国际统一私法协会关于被盗或非法出口文物公约》规定任何因战争原因被抢夺或丢失的文物都应归还，没有任何时间限定。这里所指的时间限定，包括战争发生时间和归还时间的跨度。规定还明确指出，被盗文物的拥有者应归还该被盗文物，缔约国可以请求另一缔约国法院或者其他主管机关命令归还从请求国领土非法出口的文物。这为索回流失海外文物提供了合法依据。中国政府于 1997 年 5 月 7 日加入了该《公约》，同时严正声明：中国加入本公约不意味着承认发生在本公约以前的任何从中国盗走和非法出口文物的行为是合法的。中国保留收回本公约生效前被盗和非法出口的文物的权利；根据本公约第三条第五款的规定，中国关于返还被盗文物的申请受 75 年的时效限制，并保留将来根据法律规定延长时效限制的权利。

近些年来，随着政府对该项"国际事务"的高度重视和力度的不断加大，外流文物也越来越受到海内外华人的关注，许多机构、团体、企业和个人都行动起来，满怀责任感与使命感纷纷投入到搜寻中国遗珍的事业中，而且要求有关国家、博物馆及机构归还被掠中国文物的声浪不断高涨。著名学者季羡林指出："中国历代文物流失海外，最令人痛心的就是英法联军火烧圆明园和敦煌藏经洞被掠夺。火烧圆明园是帝国主义强盗行径，当时我们国家弱，列强胡作非为。我有一个想法，圆明园被烧掉，当时的肇事国家现在的政府予以赔偿修复。当时圆明园有许多名画、瓷器等文物被侵略者掠走，应予以归还。"世界著名物理学家、诺贝尔奖获得者杨振宁博士拍摄了大量有关流失海外文物的影像资料，他说："在国外，我参观了许多著名博物馆，最关注的是流失到那里的中国历代文物。每当看到它们，作为中华民族的后裔，总会油然而生故国之情。"杨振宁博士曾经向白宫提出建议，送还现藏于美国宾夕法尼亚大学博物馆的唐太宗李世民"昭陵六骏"浮雕石刻中失窃的"两骏"——"拳毛騧"和"飒露紫"，使它们能与同样在上个世纪初遭祸切割盗卖命运但幸运被截回的其余"四骏"（"什伐赤""特勒骠""青骓""白蹄乌"，现藏陕西省博物馆）重逢弥合。文化学者时坚东说，尽管"文物回归是一个历史遗留问题，但从整体上讲，它是殖民时代的产物，当时的所谓探险家、考古学家、殖民地官员、远征军等采用非正常手段甚至掠夺,极不公平地获取了大量殖民地、半殖民地国家的文物和艺术品,这些东西又通过购买和捐赠等方式被收入西方的主要博物馆。但文物来源国一直认为西方掠走的文物破坏了其文化的完整,所以纷纷要求归还。"

然而,较灿若繁星般流散海外的遗珍瑰宝来说,经过艰辛努力索回或购回的文物只是屈指可数,顶级绝品更是凤毛麟角。可以说,那些《公约》并未发挥出应有的权威效力,特别是对那些文物主要占有者的西方发达国家。他们有意回避事实,极力为自己辩解,一方面对占有的他国文物不承认其非法性,另一方辩称文物是全人类的文化遗产,收藏不应有国界之限。甚至,伦敦大英博物馆、巴黎卢浮宫博物馆等19家欧美博物馆、研究所串通一气,于2002年12月9日联合发表了所谓《关于环球博物馆的重要性和价值的声明》,称:"长期以来,这些获得的物品,不管是通过购买还是礼品交换的方式,已经成为保管这些文物的博物馆的一部分",明确表示反对将艺术品特别是古代文物归还原属国。曾任大英博物馆馆长的大卫·威尔逊,毫无避讳地直言道:"有很多原因使我们不能考虑把博物馆的任何文物归还来源国。""大英博物馆是作为一个全球性的博物馆而创建的,强调藏品的历史价值和科学价值,我们不应用孩子的语言'这是我的'来表达幼稚的想法,我们是出于一种博物馆的责任,为人类保护这些文物,直到可以预见的未来。""如果这样回归,大英博物馆将丧失作为国际博物馆的地位。"还有人言词倨傲地称,他们的文物保护技术和设备先进,能够更好地保存这些文物,如果把文物归还给原有国,由于落后的技术和管理,将使文物遭受进一进步的损坏,等等,等等。

我们绝不是狭隘的民族主义者,但也不再是一个多世纪前那任人愚弄、掳掠的"憨憨"。这算是哪家的道理,你闯入人家的院子和家里抢夺走财物,窝进自己衣襟里转了一圈就不认账了,还反过来强词夺理说:什么你的我的,咱兄弟还分这么清楚? 放心搁这儿吧,搁在我家比你家保险；什么《公约》不《公约》的，你今儿要拿回了，我这大户人家可就空了；管它是谁家祖宗留下的宝贝，谁抢去算谁的……这绝不仅仅是在文化和学术上的强盗逻辑！包括中国在内的文物来源国的政府和有关机构、团体及其文物工作者、学者专家等不吃这一套，没有退缩让步，都在为维护民族尊严和全人类文明不再遭受蹂躏和践踏而针锋相对地做着持久的博弈和较量，他们登上各种国际舞台，态度坚定地向全世界表明：我们对被掠夺去的文物拥有无可争辩的主权，这些文物必须归还给它的祖国，相信那里的人民一定有能力珍藏和保护好从家园失散的文明瑰宝！

　　……

　　在丹麦首都哥本哈根中世纪的古老街道深处，一家古玩店的橱柜里摆放着两件小巧的中国"老物件"。我没有犹豫，倾囊掏出所有克朗……我知道这算不得什么"文物"，可心里还是充满了莫大的慰藉感：咱也为自己的祖宗尽了点孝心呐！

走出奥登赛

　　踏上这个北欧国度，我必须去看一个人。因为，从小我就与他相熟，记不清有多少个童年的夜晚是听着他的故事度过的;而且，一晃几十年过去了，这位已是二百多岁的老人没有丝毫的倦意，仍然以那恒久不枯的激情给我和我的孩子讲述着品咂不厌的故事。在我的脑海深处，他生活的地方即是七彩奇幻的童话世界，他和他的国家熔铸为一体，熠熠辉映，他便是它，它就是他……这绝不是我一个人的臆断感受，而是为不同肤色的世人所认同。我敢说，读到这里，读者对本文所述其人其国早已明了于心，答案呼之即出:丹麦——安徒生!

　　丹麦是北欧最小的国家，面积仅为43094平方公里（不包括已取得地方自治的北大西洋上的法罗群岛和北美洲的格陵兰岛），而其海岸线却很长，蜿蜒曲折7474公里，相当于地球周长的六分之一;它的版图形态也十分有趣，由480个岛屿组成，就像一块块大大小小的拼图在海洋湛蓝的怀抱中聚合成绚烂奇艳的美景，其中镶嵌于"核心"的第二大岛屿——菲英岛，便是安徒生出生的地方。巧得很，我前往故居拜谒这位被政府誉为"伟大的丹麦人"时，恰是两个世纪前他在那株重新吐芽抽绿的醋栗树旁的陋屋里呱呱坠地的季节。

　　汽车轻快地飞驰，平展的高速公路反射着春日的阳光，像一条银色的玉带缠绕在海岸线上，波罗的海的风潮呼呼地吹来，顽皮地掀起一波又一波的"白头浪"，紧接着随逐着发出伴随海鸥清脆啸鸣的阵阵男中音般的欢唱:"啊——"，虽是冬季刚刚过去夏季还未来临，这里的风光依然迷离幻化着童话的生趣和色彩。驶出哥本哈根所在的丹麦最大面积的西兰岛，一座几公里长的公路桥梁凌空飞渡海峡，犹如彩虹一般在蔚蓝的天际与大海之间划出一道精致而美妙的弧线；窗外无边无际，穿行其上，风驰电掣，人似生出了翅膀有了飞翔的感觉，况且心所往之，桥的那一端就是菲英岛。

行驶大约一个多小时，我们深入到了该岛的中部城市奥登塞，它是现今丹麦的第三大城市和第四大港，工农业生产均占有国家重要地位，特别是经由这里集散的丰富的农产品依然表明着它与土地的深厚渊源。它是位于菲英岛上的一座安静的小城镇，不是我们概念中的车水马龙、熙来攘往、声喧啸聚、热闹哄哄的景象，恰恰相反，一切都被颠覆了，这里不见楼宇集群，也不见密织如网的街道，更有意思的是分不清哪里是市区哪里是乡村，仿佛整座城市都稀释在了大地田园之中，静谧得让人超脱，所有的一切都归于天地通灵的自然……这就是安徒生的故乡！

二百多年前的奥登塞只是一个并不知名的小镇，安徒生就住在简陋、狭窄的蒙基莫莱街3号。如今的这里并未有多大改变，目力所及其规模仍旧是个聚拢在乡间田野里的小镇子，一条鹅卵石铺就的街巷像阳光下撒落的海贝闪烁着斑斓的光晕，幢幢色彩绚丽的欧式古老建筑如同积木玩具一般错落有致地静静摆放两旁，仿佛把人们的思绪又融回到19世纪安徒生生活的时代。所不同的是，这里没有了当年手工作坊里发出的叮叮咚咚的各种敲击声和春寒季节人们裹着深暗的大衣在蒸汽弥漫的街巷出没的身影……就在这条巷子的中段，临街有一栋低矮的平房，尖顶红瓦，白色墙壁，看上去很不起眼，平淡得稍不留神即一晃而过，而唯其独树的是飘扬着的红底上印着白色十字的丹麦国旗，猎猎作响，显示出了它家国并存的至尊至贵的地位，与众不同的还有那扇朴质的黑漆小门旁挂着的长方形牌子，上面规规矩矩写着一排小字：安徒生1805年诞生于此。

终究与这位世人仰慕的童话大师同一空间相会了——我轻轻走进他

依旧狭窄、昏暗的故居，静静沉浸于漫溢着两个世纪前主人贫寒气息的氛围里，每一步挪移、每一次侧身都会情不自禁地想象着与这位文学巨匠身影交错，仿佛幻影幻觉里置身在了那个特殊的往昔时空中……1805年4月2日，这栋贫苦鞋匠的木屋里，一个新生命降临在了由棺材板拼成的床上，母亲神情有些惶恐，因为婴儿的啼哭声大得吓人。守在一旁的教士安慰说："小时候哭声越大，长大后就越聪明。"哪知道，这话果然应验，号哭的男婴许多年后"即使是圣诞老人也并不比他更有名气"，他就是安徒生。

封闭的奥登塞小镇见证了安徒生的童年，他没有受过正规教育，只是在慈善学校读过几年书，然而受父亲和民间口头文学影响，自幼就迷上了奇幻多彩的文学艺术。不幸的是，11岁时，他的父亲在参加抗击拿破仑·波拿巴侵略战争归来后不久病逝，窘困的母亲只得送儿子去工厂做童工。还是那清脆嘹亮的嗓子使他免除了劳役之苦，工人们不再派他干活，而是让这小家伙每天用歌声和表演驱散苦闷、激发情绪。一日，一个工人在不经意间说了关键一句话："干吗你不去当演员？"小安徒生本就欲动的心敞开了一扇放飞的天窗，他要穿越横亘在自家门前的这条幽深的窄巷，走出奥登赛。于是，执拗不驯的他背叛了母亲为自己设计的去学徒做裁缝的"人生计划"，背起简陋的包袱跳上马车离开了沉闷寂静的小镇。

这时的安徒生14岁，不过是个长着瘦高条个子的一脸稚气的男孩儿。马车伴着叮叮当当的铃声吱吱扭扭走向远方，憧憬着美好未来的他回望故乡写下这样的话："当我变得伟大的时候，我一定要歌颂奥登塞。谁知道，我不会成为这个高贵城市的一件奇物？那时候，在一些地理书中，在奥登塞的名字下，将会出现这样一行字："一个瘦高的丹麦诗人安徒生在这里出生！"

后来的事实验证，安徒生誓言凿凿的宏愿准确不虚。可谁又曾想，当初这个走出奥登赛的满口乡音土语的乡下孩子面对陌生而富华的哥本哈根却是一派茫茫无措……他拿着苦心求来的介绍信拜师著名芭蕾舞演员沙尔夫人未达心愿，去见皇家剧院经理霍尔斯坦想当演员被逐出门，为挣糊口钱做小工遭"城里人"取笑……这个"鹳鸟一般细高"的孩子孤苦无助，流浪街头。然而，严酷的现实并没有泯灭心中那束已被理想点燃了的火焰，他攥着刊登意大利歌唱家西博尼在哥本哈根演出和开办歌唱学校消息的报纸，冒失得近乎"奋不顾身"地闯入歌唱家的住所，打开喉咙高声放歌。兴许是这超乎寻常的举动，满座高朋的视线不但让这个莫名的"侵扰者"牢牢吸引了，而且被这位孤奋少年充满希冀与追求的心感动了，他们纷纷解囊，促其梦想成真，如愿进入歌唱学校。岂料，命运偏偏捉弄安徒生，一场突袭而来的大病专就冲着他一心想当歌唱家的嗓子而去，结果声带严重损伤，彻底打碎了光耀舞台的希望……

　　不幸与幸运，在安徒生身上是相伴而生的。上帝似乎故意要用各种磨难来考验这位乡下来的年轻人，又似乎以否定一个错误方向的追求与尝试来拯救他的天才。安徒生终于明白了自己这一生的承载不属于舞台，而是文学。他大量阅读莎士比亚、歌德、拜伦、海涅等人的作品和丹麦的古典文学，同时拿起笔创作了第一部剧本《阿芙索尔》，由此得到皇家公费资助进入拉丁文学校深造。1829年，安徒生在自己的诗作《傍晚》《垂死的孩子》广受好评后，又创作的喜剧《在尼古拉耶夫塔上的爱情》得以公演并大获成功。这个经常被来自城里上流社会的学生嘲笑的"乡巴佬"，在自己潜藏的才华终于被唤醒并赢得公认时淌下了涓涓热泪……为文学而生的安徒生找回了自己的灵魂。《阿马德岛漫游记》《幻想速写》《旅行剪影》等作品及长篇小说《即兴诗人》成为读者追捧的畅销书。然而，这还不是这位日后被堪比与国齐名的丹麦人尽显才华、尽放异彩的时候。1835年，他在写给女友的信中说："我要为下一代创作了。"于是，就在这一年，安徒生的第一本童话集《讲给孩子们听的故事》问世了，那颗镶嵌在文学圣殿宝塔尖儿上的明珠终于点亮。由此，全人类多了一位超脱平庸走向智慧的无与伦比的儿童作家；

从此，世界上的孩子们每年圣诞节都会收到特殊的礼物，即这位丹麦人的一本新的童话集。而且，这一写就是43年，笔耕不辍，直到他生命结束。

1875年8月4日，这位为世人留下《海的女儿》《丑小鸭》《夜莺》《拇指姑娘》《皇帝的新装》《卖火柴的小女孩》等168篇不朽童话作品的伟大丹麦人安徒生驾鹤西游，享年70岁。

世上不知有多少人因安徒生认识了丹麦，不知又有多少人因读了他的作品而在幼小的心目中矗立起了"童话王国"丹麦。当一个人与自己的国家及民族融于一体时，他便真正获得了永生！

奥登赛小镇静得出奇，行走在小巷里自觉不自觉地就要放轻脚步，生怕弄出声响来惊扰了四方的宁静。我在想，这样的环境与氛围也许正是走进童话世界的曼妙佳缘，人必须让心安静下来才能听到来自幽邃自然和纯净灵魂的声音……

回到哥本哈根，我见到了静静安置于市政大道旁的安徒生铜像，他戴着他那个世纪标志性的高桶宽沿儿礼帽，身穿长长的燕尾服，手持其特征符号一般的手杖，瘦高瘦高地，正挑着那枚长长的鼻子、凹着一双深深的眼窝儿注视着人们，仿佛从奥登赛走出来的他还有许许多多的童话故事要讲出来。在我眼里，安徒生那富有特质的形象早已是丹麦的象征，看到他即想到丹麦；而他笔下的故事，早已幻化成为丹麦人的精神气质。我似乎明白了，一个伟大的人是如何用灵魂相伴着自己的祖国昭告世界的。世人又是怎样透过这个人去认识他的国家的。其实，这样的例子在欧洲国家并不鲜见，如比利时首都布鲁塞尔，就以不过60厘米高的"尿童"而闻名天下。真不知，这座城市是因一尊小小的铜像而闻名于世呢，还是这尊小小的铜像是由这座城市悠久的历史更名声远播。无怪乎世界上无论国家元首、政要还是普通游客，来到此城都要前去拜谒这尊被誉为"布鲁塞尔第一公民"的铜像。他名叫于连，一头黝黑的卷发，光着身子，小肚皮朝前撅挺着，站在大理石雕花台上撒"尿"。

传说，500多年前的一个晚上，外国侵略者在布鲁塞尔市政厅地下室安装了许多火药，准备炸毁这座城市。当导火索火蛇似的被点燃，灾难即将临头之时，小于连灵机一动，撒出一泡尿浇灭了燃烧的导火索，挽救了全城百姓和这座古城。由此，人们请来雕塑大师捷罗姆克思诺，塑造了这尊小英雄于连光屁股撒尿的铜像，并把他誉为"布鲁塞尔第一公民"。出于对这位小英雄的敬慕，凡来访问比利时的国家元首遵惯例都要送一套本国传统服装给于连。据说，小于连至今已有700多套来自世界各国不同风格的服装，其中即有中国的唐装及解放军军装各一套。可以讲，于连的知名度同安徒生一样，都是世界级的。他已成为这个城市、国家乃至民族的具体形象符号与精神象征。人们只要提到"尿童"，就会立即想到比利时以及布鲁塞尔。

然而，回过头来反观自己，泱泱五千年文明的中华古国被世界民众普遍认知的伟岸巨人又有几何？从古至今，我们不难数出一长串的名字来，他们也确是在人类文明进程中具有卓越贡献的世界级人物，但静下心来理智地想想，又有多少能像安徒生、"尿童"那样被全世界的人们所共同认知，又有哪个能成为这个国家及民族共同的象征与精神？关于这一点，我们必须认真反思，是中华民族缺少了擎举人类文明火炬的精英、伟人、智者、圣人，还是我们辜负了他们……

不妨来看看，我们这代人对待先人及文化的态度——我们没有站在人类发展史的高度向世界展示中华圣贤智者和弘扬民族优秀文化，而在急功近利的经济利益的驱使下，一些人甚至是政府以"保护"为由头投入进了"吃祖宗饭""淘文化金"的"开发"混战之中，尤为惨烈的是卷入了所谓的"名人故里之争"。据媒体报道，"赵云故里"归属引得河北省临城、正定两县直面交锋，虽2009年出台的第三批省级"非物质文化遗产名录"里列明"临城赵云故里传说"，但正定县政府仍通过《报告》正式启动"赵云文化广场建设"项目。有关"李白故里"，四川江油、湖北安陆、甘肃天水、吉尔吉斯斯坦的托克马克市都进入了争夺之战，有的甚至离开了学术而转向笔墨争斗。"曹雪芹故里"也当然地卷入了"寻宗问祖"的旋涡，河北唐山丰润、江西南昌武阳、辽宁辽阳、铁岭四地投巨力造势，扯抢"曹公"归属。此外，可以想象得到，诸如炎帝、黄帝、大禹、蚩尤、老子等等故里更是难逃其争，有的地方和人绞尽脑汁别出心裁地"挖掘资源"，竟找到本就是神话传说的人物攀亲道故，如孙悟空、猪八戒、西王母、玉皇大帝等，无奇不有。其至更有奇葩，山东阳谷县、临清县及安徽黄山，竟然展开了声势浩大的"西门庆故里"之争，还要开发延伸的"金瓶梅""西门庆"旅游链项目，简直到了不管好坏、不顾廉耻的地步。我不明白，在怎样一种的金钱利益诱惑下，才会如此盲目愚蠢地丧失理性与道德的底线！

有着五千年文明历史的我们，真该彻骨入髓地反思了！

……

夜晚，台灯映照下的书桌，从丹麦带回的纪念品"美人鱼"安于一角静静注视着我，那有些凄美的神情仿佛在思念着那滋养生命纯净灵魂的海洋。这时，我看到报纸上刊出的一则消息，即久负盛名的"小美人鱼"铜像将首次走出国门，在2010年中国的上海世博会丹麦馆展出；同时，童话大师安徒生生前用过的一只旅行皮箱也将运抵，世博会期间作为丹麦著名品牌乔治·杰生全球最大分店——上海店开店仪式上的展品与世人见面……

伦敦，阴有雨

　　并非很久远的才是历史。历史应是值得世代永存的民族记忆。即使在昨天，只要是足以影响当下社会，更或对未来产生作用的人和事，都将成为历史。其实，眨眼之间的过去就是历史，只要有意义。而历史又是容易淡忘的，如果没有每个时代担承者的提醒与传教，历史的记忆将会被人们一点点丢失或很快忘记，最多成为封存着的亦如"死去"的故纸堆。这是多么可怕的事情，想想看，如果一个民族失去了记忆，那它还会行走多远呢？

　　我要说的一个人，提起来恐怕当下许多人的记忆里都没有此君。其实，那并不是什么遥远的事，他离开我们只不过六十年，仅仅是一个甲子啊！他的名字叫萨镇冰，曾经的中国海军奠基人之一，还曾当过20世纪初泱泱中华的代理国务总理。其一生跨越了清朝、民国和新中国三个历史时期。关于他的故事，我要从西半球的英国讲起——

　　伦敦的天气总是阴沉沉地掉着雨滴，像挂在天穹的水帘子，飘飘摇摇，忽缓忽骤忽疏忽密。如此惆怅连绵，难怪这里留给世人的故事和情思犹若它古老的纵街横巷那么多。

　　今儿太阳罕见地出来了。这是伦敦难得的好天气，虽然街道的低洼处还积着雨水，可迷人的阳光透过大海一样的天空毫无遮拦地照射大地。格林威治公园古老的树木有了荫凉，墨绿如毯的茵茵草坪上，学生们聚集在一起踢球、奔跑、嬉闹，老幼相携缓缓散步曲径，看得出就连小狗也憋闷得太久而甩着尾巴可劲地撒欢儿……

我伫立在举世闻名的格林威治天文台前，听友人威廉指着山坡下的绿色操场和白色楼宇在讲述。那是英国皇家海军学院，就在19世纪的1877年，萨镇冰和另五位来自大清王朝的中国人成了这所培养世界级海军人才摇篮的学员。他们在当时的中国个个名声赫赫，有的人甚至成为影响着这个国家、民族的历史人物。他们是：林永升、叶祖珪、何心川、萨镇冰、方伯谦、严复等。

威廉说，英国皇家海军学院创建于1863年，是当时日不落帝国争霸海上的人才培育基地，凡是在这里受过系统、严苛的职业训练的学员，必是领导素养与作战能力均堪一流的职业指挥官。那时，这儿是霸权主义猖獗的国际社会所关注的神秘之地，也是许多欲谋求霸权或守卫疆域的国家都渴望派员求得"仙术"的殿堂。而作为大英帝国，可不是随随便便谁想来就来得了的，必须是评估利害之后有选择地授准，并有限制有区别地予以择校及课目选修，绝不办"教会徒弟饿死师傅"的傻事儿，换句话说，这事关国家利益！那时，同一个时期的两个同属东方的国家做出了同样的决策——在千方百计讨得英国女皇有名额限制的恩准后，派遣从全国海选的精英赴英伦求取海洋战法。这两个国家便是中国和日本，而派出的这些留学生在日后的甲午大海战中都成了刀枪舰炮对决的战将。其实，在当时英国人的心目中，这两个国家的地位与分量是不一样的，因此对他们到来的态度与待遇也不一样。中国的留学生可允许进入英国皇家海军学院学习，而作为日本留学生的东乡平八郎等则被英国政府拒绝进入海军学院转而安置到商船学校。虽是如此，对于受到"优待"的中国人也还有所限，不得像英国学员那样入住学校，只能在周边租住房屋栖身，即便是所学课程也被严格筛定，授训课目并非全套系统性的教程，而是从中挑拣出几项进行选修。即便这样，在当时已是求之难觅的机会了。来自中国的年轻海军，没有辜负人们的期望，除严复中途因受命于朝廷调遣外，其余的人都以优异表现完成了为期三年的学业，于1880年毕业回国。那时，萨镇冰年仅21岁，是他们中年龄最小的一个。

我这次访问英国，目的之一就是来伦敦的格林威治，亲眼看看这座名震世界的海军学院，在同一个纬度空间里感受100多年前来自中华的先辈们的英武气息。

我开始关注萨镇冰这个人物，也属于十分偶然的机缘，因相识著名导演冯小宁，也就有了合拍的电视连续剧《东方有大海》，而这部反映中国百年海洋维权及海军创建历史的作品，主人公即是萨镇冰。因此，这位曾经叱咤于风云大海的近代中国的历史人物，便进入了我的生活并自然而然成了聚焦的对象。

萨镇冰，生于1859年3月30日，来自于福州著名八大家族之一的萨氏家族。其先祖为色目人，始祖辅佐元世祖忽必烈有功，元中期受赐萨姓并入蒙古族。因先祖曾世居雁门（今山西代县），故称雁门萨氏。元末，萨氏一分支迁于福州，定居榕城朱紫坊。萨镇冰为十六世传人，自幼家境贫寒，但勤勉好学，11岁即考入马尾船政学堂（福州船政学堂），毕业成绩名列第一，于1872年进入水师服役。1876年冬他入选福建船政第一批留学生，1877年春被派往英国格林威治皇家海军学院学习行船理法。萨镇冰临行前，身为教书先生的父亲萨怡臣挥毫题联相赠："家有健儿驰海上，国御顽夷赖栋梁。"

1894年7月，日本海军在鸭绿江口丰岛突袭北洋水师舰队，公然挑起"中日甲午海战"，随着战事扩大，黄海、渤海、辽东半岛、山东半岛都笼罩在战火中，以日本天皇为首的军国主义分子吞并中国的野心昭彰于世。这时的萨镇冰开始进入了历史赋予的角色。丁汝昌急调这位年轻的部下作为"康济"号的管带率领30名水手登上日岛炮台，加强威海卫港的守防。

惨烈的海上之战，林永升、邓世昌等相继为捍卫国家海疆领土和民族尊严而献身。他们随同英勇的战舰和朝廷腐败无能的屈辱沉入大海但他们的民族英雄气概及精神光辉永远激励着后人。

不难想见，当萨镇冰获知这样的噩耗时是何等的震惊与痛心！逝去的这两位英雄不仅是他结交十几年的大哥，更是他做人做事的楷模。年长整整10岁的邓世昌，是福建马尾船政学堂的第一期学员，高萨镇冰一届。当年赴英留学的行列里本应有成绩优异的邓世昌，可李鸿章没舍得放他出去，而是把他留在了急需海军人才的北洋海军。同是第一期福建马尾船政学堂学员的林永升，不仅是年长6岁的学长还是榕籍同乡，后又成为同赴英国皇家海军学院留学的同窗。他们朝夕相伴，可谓情深义重。应该说，萨镇冰从青少年的成长乃至此后一生的经历与追求，无不烙印着他们的影子。自己的大哥、同窗以及众多好友、官兵的遇难，怎能不令人悲愤万分，那满腔的热血又怎能不在燃烧的怒火中沸腾！这是家国之仇，民族之恨，同胞之痛啊！

有人说，历史编织于许许多多个偶然之中，这话颇有道理。不妨梳理一下社会发展的史实或盘点一下曾经经历过的人生，你会发现它们都是在一个个偶然中演进与推动。而其中，有许多个如果——如果不是在那个时间，如果不是碰到那个人，如果不是说了那句话，如果……如果……太多个如果，如果不是这样的偶然与巧合，历史将会是另一番模样。但偶然之中却蕴藏着必然。只要再将历史倒过来推理一下，就又会发现它发展的每一环都有其历史的必然性。就拿甲午海战失败的原因而言，从大到小可以归结许多，不尽所数，如国体与制度落后，清政府腐败，光绪皇帝无能，慈禧昏庸专权，官吏贪污受贿，百姓愚昧无知等等，都是构成甲午海战乃至清朝政府最终垮台的直接或间接的原因，从中不难看出其失败的必然。可见，在这里正义与非正义并不是决定胜败的砝码，那只是停留在人类良知的道德考量上的东西，无关刀枪对垒，甚至中国人标榜的所谓的"礼仪"相形之下会令世人感到愚蠢可笑，在这里只讲实力与狡诈。而日本人的胜利则正是来自于这个民族一向贪婪的扩张野心和残暴狡诈的本性。

甲午之战中，历史还安排了一个偶然的巧合及其必然的重合，那就是中日两国海上对阵的许多主力指挥官，正是两国苦心积虑派往英法求取舰船战法的留学生。其中，日方核心人物之一就是在英国留学的东乡平八郎，后来被称作"东方纳尔逊"的日本海军元帅。他当时担任"浪速"号巡洋舰舰长，在甲午海战中发挥了极其重要的作用。正是他不宣而战，下令发射鱼雷击沉了"高升"号，使近千名大清赴朝陆军殉难。也正是1894年7月17日这一天，"吉野""浪速""秋津洲"三艘日舰对北洋水师的海上突袭，点燃了中日甲午战争的导火索……

再说同为英国留学回来的萨镇冰，奉丁汝昌之命率30名水手守卫渤海湾口的日岛炮台。其方圆仅有14亩的礁石岛，却居军事战略要冲，堪比威海防卫"咽喉"，上设两门20公分口径地阱炮，6门其他炮。1895年1月30日，日军对威海发起进攻，日岛保卫战打响。这时正值隆冬季节，萨镇冰带领将士在纷飞天际的大雪中浴血奋战，顽强抗击敌人来自海上和地面的炮火进攻，其中就有东乡平八郎的"浪速"舰射来的一排排重炮。萨镇冰同将士们誓死坚守炮台，十天十夜，炮火纷飞，多数人战死，而活着的人依然像磐石一样固守阵地，直至打光最后一发炮弹。最终丁汝昌下达了死命令，萨镇冰等才撤回刘公岛……

甲午海战是北洋水师的耻辱，也是近代中国海防史上的耻辱，更是中华民族子孙后代铭记心中的永远的痛！可以想象得到，身为这段历史参与者、见证者的萨镇冰是何等的身受其辱，痛苦难当。当他被革职遣返回到福建的家乡，父母已经去世，不久后妻子也撒手人寰，真可谓国破家亡啊！面对一贫如洗的家境和两个未成年的孩子，这位曾经征战沙场的血性汉子只得委身于官绅家做私塾养家糊口。然而，他骨子里的忠贞秉性不改，心中的大志不移，发誓终不再娶，再屈再辱也要活下来，为的就是伺机再起，重振海军，完成那些死去同学和兄弟战友的遗愿，以期有朝一日再驰骋海上，雪洗甲午之耻……

历史注定不会让肩负使命的人就这么沉沦、消失。1896年，两江总督张之洞聘萨镇冰出任吴淞炮台总炮台官，不久又升其为自强军帮统。

1898年，清政府决定重建海军，并授原北洋海军副将叶祖珪为北洋海军水师统领，萨镇冰为帮统兼"海圻"号管带。命运再一次选择了他。可是，没过两年，北洋海军又险遭覆灭之灾。1900年，八国联军侵华，列强又一次从海上扑来，而那位东乡平八郎这时竟作为司令官率日本舰队于入侵的强盗行列里。清政府签订了丧权辱国的《辛丑条约》，甚至为了献媚讨好这些闯入别人家烧杀抢掠的洋人，有人竟提出出售军舰，撤销一切防务。此议遭到叶祖珪、萨镇冰等爱国将领的强烈反对，最终被迫废除。1902年，萨镇冰正式统领北洋海军，令将士的职业素质及舰艇的实战能力大大提升。1909年，萨镇冰上任海军大臣和海军提督，力行改革，合并南北水师，建立统一指挥系统，统一官制、旗式、军服、号令等，使得中国近代海军第一次走上科学管理的轨道。中国统一指挥体系的海军终于启航了……

1911年，武昌起义，萨镇冰站在了抉择国家与民族前途的前沿。历史就是这样，所处关键节点的一个人的一举一动，甚至一念之差，也许就会改变民族的命运，影响历史车轮的方向。这里的方寸把握，尽在偶然与必然之间。奉朝廷镇压革命军之命，萨镇冰率海军舰队驶临武昌。这时，清军与革命军正处于对峙阶段。清军为逼革命军退出汉口，竟纵火焚城。此行径激起国人愤慨，更使得本不愿与革命军为敌的海军官兵对清政府愈加不满。在萨镇冰的授意下，他们与清廷摆开"迷魂阵"，有意把炮弹射向无人的江边和稻田，使得陆军无法借助足以杀伤革命军的强大火力作战。时任英国驻汉口的领事朱尔典，在发给本国外交部的电文里这样写道："水师提督萨镇冰所统之舰队，自始至今对于清军行为殊淡漠。"

革命军政府都督黎元洪乃天津水师学堂毕业，后入威海北洋舰队当兵，可以说是萨镇冰的学生和属下。他致函老师，申明主张。此时，萨镇冰是把持清军与革命军胜负天平的关键人物。经历的种种苦难与屈辱，使他深切认识到清政府已穷途末路，"熟察现势，必知专制政体之必亡"（黎元洪评萨语），而且各省纷纷独立更促使着这个封建王朝加速崩塌。萨镇冰绝不甘当大清国的殉葬品，却又不愿公然易帜于革命军，于是陷入既不想做叛变清廷的"罪人"又不愿背负逆历史车轮而动骂名的两难境地。无奈之下，他选择了一条中间道路，即以治病为由离舰赴沪。1911年11月11日的夜晚，日后被证实这是个驱使当时中国命运走向的极不寻常的时刻，萨镇冰在"江贞"号上发出信号灯："我去矣！以后军事，尔等舰艇好自为之。"暗示默许部下起义，然后离舰搭乘英商船消失在夜幕中……

辛亥革命后，萨镇冰于1912年起担任上海吴淞商船学校校长。1916年黎元洪任大总统后邀他"出山"，任命其为海军临时总司令、海军总长。1920年5月14日至8月9日，萨镇冰代理国务总理。1921年5月14日，萨镇冰卸去海军总长职务，回闽任清乡督办，后又出任福建省省长等职。

凡此种种，足已见得萨镇冰一生丰富而不凡的经历。然而，置身于一个社会大变革的时代，注定了他不会悄无声息地活着，只要还有一口气便会继续书写传奇，演绎终其毕生的历史角色。

1935年，已是75岁的萨镇冰凭着依然健朗的身体，自信地踏上迢迢万里之途，跋山涉水、翻山越岭来到山西，奔向祖宗的根基之地代县雁门关，寻访先人足迹，把心贴近这片萨家的原生地尽情吸吮、呼吸……他如此不辞辛劳，为的是主持修编《雁门萨氏家谱》，以传后人。

命运注定萨镇冰一辈子都要裹缠在对日的雪耻与复仇之中，虽然那个同在英国留过学并自甲午战争就在海上侵略中国的东乡平八郎已于1934年病死东京，但日本军国主义的侵略本性并未随之入棺葬墓。他们犹如食人恶魔卷土重来，又践踏摧残我中华大地。全民族抗击日本侵略者的战争打响了，萨镇冰不顾年迈，以自己的影响力及方式，奔走于海外南洋和国内四川、贵州、湖南、云南、广西、陕西、甘肃等地宣传抗日，筹集款物。

萨镇冰为共产党的抗日主张所吸引，1940年来到西安，竟以八十岁之躯取道前往延安。蒋介石听报后，大为光火，即命人中途拦阻，随即将老人送返重庆。

1945年，86岁的萨镇冰看到了日本侵略者的最终失败，他面向大海，泪飞如雨，告慰那些已离去近半个世纪的不屈英灵……

1948年，90岁的萨镇冰仍激情满怀，在寿诞之日乘上马背并在其照片上书写道："行年九十，壮志犹存，乘兹款段，北望中原。"

1949年8月，正值福州即将解放，蒋介石差李宗仁专程来榕，邀请萨镇冰一同前往台湾，却不料遭到老人家以病坚辞。他要留守城里，等待中华民族一个新的历史时期的到来。他发文告知天下，拥护共产党，并为迎接解放军进城做了许多有益的工作。他坚信，只有中国共产党的所行主张与道路，才能真正挽救苦难深重的故国家园。

新中国成立后，萨镇冰为中华人民共和国第一届全国政协委员、中央人民政府革命军事委员会委员、中央人民政府华侨事务委员会委员等。

1952年4月10日，萨镇冰逝世，享年94岁。毛泽东、周恩来等党和国家领导人亲发唁电，并由中央人民政府拨给治丧费，福建省人民政府举行公祭，将一生戎马的爱国老人安葬于福州西门外的梅亭。

……

伦敦的天阴沉沉，再没有晴过。雨时骤时缓，雾或浓或淡……我的访问就裹在这阴有雨的迷雾天气里。依照威廉的安排，今天前往位于伦敦百公里之外的牛津大学。想必，那里也是当年萨镇冰等留英学生曾经去过的地方。

牛津大学有近千年历史，是英语国家中最古老的大学。它至今培养了6位英国国王、26位英国首相、近40位诺贝尔奖获得者，一直是名冠世界的顶尖学府。当我在濛濛细雨里走进它时，才发现这根本不是我们习惯了的故有概念中的那种高墙围砌着的大学，而完全是一座由四通八达街巷网织的城市，各个不同时期的教堂、房舍、广场等古建错落分布其中。其实，这里原本只有亨利二世的一个宫殿，自从大批学子聚集于此才渐渐地在英国版图上描摹出了牛津市。也就是说，先有校后有城，学校即是城市。

听着威廉对自己母校绘声绘色的讲述，我们撑着伞漫步在寂静的古老街道，脚下铺路的石板一块块排列有序，经雨水洗涤反射出散发着历史磨砺方有的光泽。我猜想，一百多年前，萨镇冰和他的战友们或许也走在这条路上，或许那时也是一个这样的阴雨天气。他们淋着雨水却朝气如焰，谈着理想想着未来，等待着祖国的召唤。这深邃的街道里不时回荡起畅快舒朗的欢笑，那一张张青春动人的容颜和一个个满怀憧憬希望的身影在交织的雨雾中映现……

在即将结束对这所造就了众多世界英才的学府访问时，路边一家门脸不大的古董店吸引了我。进得门去，满屋子或竖或横的玻璃柜里陈列着各种各样的"老东西"，其中也有来自中国的古董，一眼望去即可辨识。我的视线迅速被橱柜里的一尊铜制佛像所牵动，其为四头十二臂，手中持着各种法器，脚踏狰狞鬼妖，作降魔护法状。虽说当时并不知这尊佛像造于何时、如何称谓，但直觉告诉我与之有缘，而且从材质、做工以及宝光溢射的包浆来看，它已在异国他乡的英伦等待了我上百年。我毫不犹豫，当即付账，从戴着眼镜的中年女店主手中请回了这尊布满岁月风尘的铜像。

回到车上，威廉端详着佛像，不解道："这东西长得怪怪的，能有什么用？背着还挺沉的。"

我用纸一层层精心将佛像包好，满面欢喜地回答："它是佛教徒寄托精神的宝贝，来自中国。我要带它回家。"

这时，车载收音机里传来女声的播报，预告未来几天，伦敦天气状况仍然是阴有雨……

结束英国之行，回到国内，我抱着那尊佛像去请教专家，经认真验证后被确切告知，该铜制佛像为19世纪中后期铸造，名曰胜乐金刚菩萨，藏传佛教无上瑜伽部母续的本尊，是三世诸佛的金刚身、语、意所依，诸佛功德的总集代表。胜乐也被尊称为母续之王，乃亿万空行总主。

难道这是命运的安排，让我在一百多年后的今天遇到它！这尊胜乐金刚像恰与萨镇冰诞生在同一时期，又凑巧远渡重洋一同漂泊到了英国；更为巧合的是，萨镇冰晚年成了虔诚的佛教徒，做了许许多多造福黎民的善举好事，被榕城百姓尊称为"活菩萨"！我不知这尊胜乐金刚菩萨像究竟有多大的法力，但我感到它与萨镇冰确有着某种不可言说的联系……

写就本文的时刻，电视剧《东方有大海》也拍摄完成并通过了重大题材领导组的审查。今年正值中国人民抗日战争胜利暨世界反法西斯战争胜利70周年，此剧面世正逢其时，意义重大。中华民族实在需要这样一部真实记述那段历史的声像作品，它比时下受金钱价值取向驱使，一味贪图眼前速效功利的所谓"工程""项目"重要得多！在这里，我以诗作为收笔，表达我对曾经发生在大海上的那段历史的感怀——

一段情心痛已百年，
潮起潮落从未平息波澜；
那曾经的炮火硝烟虽已消散，
但悲怆的记忆就像大海一样深蓝。
不曾淡去岂能忘记，
历史的疮疤总被一次次触痛揭去；
远方吹来的海风啊，
回荡着碧波狂涛的呜咽、怒吼，
倾诉着铁血忠魂的赤胆、传奇。

东方有大海，

那是生我养我不屈不辱不离的故国家园；

东方有大海，

那是母亲怀中厚德贤良温暖的安然蔚蓝。

……

土耳其并不遥远

引 子

2013年是"中土友好年",这种以"年"为形式的国际交往近年来已十分普遍,人们不再陌生。大凡碰到这样的年份,双方都竭尽所能展现本国的历史与现在,尤其在经贸和文化方面的互动更是花样百出,争奇斗艳。土耳其政府却很低调,不见声张(也许不到时候),不知采纳了哪位的智谏,推出一项极其务实有效的人文味儿十足的活动,即邀请中国一百位文化学者及专家分若干批访土。用他们的话说,如此而为的意图,就是想通过"中国知识分子"的亲历见闻和富于独到锐敏的发现及观点,让更多的中国人更真实、更深刻、更广泛地认识土耳其;甚至有土方人士直白地评估:从传播学角度看,这样的访者胜过成百上千普通游客带来的效应!我的土耳其之旅就是在这样的背景下开始了。

其实我们此行的目的地只有一个:伊斯坦布尔。用几天时间,沉下心来对一个地方进行深度了解,可谓是邀请方的独具匠心,更何况这座城市不仅是土耳其极具历史及人文代表性的缩影,而且在世人眼里是黑海与马尔马拉海交汇生成的珍珠!诺贝尔文学奖获得者、土耳其作家奥尔罕·帕慕克在回忆录《伊斯坦布尔:一座城市的记忆》中这样描绘"缤纷之都"的伊城——在这里人们形形色色的生活如同这座城市不同凡响的历史一样,都尽现于现代城市流动的美丽景致之中,可谓是"如梦如幻"。熙熙攘攘的街区中,处处生长着的郁金香,映衬在丛生的各式建筑中;而这些建筑有的可以一直追溯到拜占庭时期,有的则来自于奥斯曼帝国的黄金时代,有的则是属于不再那么富裕的近代。加之街上不同国籍、不同肤色的游人，让人仿佛一会儿是在荷兰，而下一个街口仿佛又到了中亚：所有的这些一同造就了这个城市。它的建筑与各色人口看似杂乱无章，但又紧密团结，各自的历史和个性虽然迥然不同，但每一样都动人心魄。奥尔罕·帕慕克先生对伊斯坦布尔的概括形象生动，交织着历史与现在的色彩与律动，可以是人们了解这座魅力之都的导读典章。访问的几天里，这座城市给予了我这样的感受：这里的人很友善、很从容，看不到行色匆匆，人人脸上的表情都是松弛而平和的，不见吵闹不见拥挤，一派和谐。这里的生活节奏闲适，人们来来往往，似有点乱乱的，各自都在奔自己的，毫不相干，可又很协调，乱中有序，大势统一。就像土耳其的著名织毯一样，编织时经纬交错，穿梭往来，似乎有点乱针游走，然而它的内在是有序的，外人看不出来，待一张毯子织成了，人们这才发现原来它是一幅精美的图案。

　　我不想以游记的方式去描述景色土耳其或历史土耳其，因为奥尔罕·帕慕克先生的文字足以生动了，况且还有那么多的导游手册图文并茂、绘声绘色。我这里要记述的只是在这座欧、亚大陆衔接点上的城市偶遇的那些人那点事儿，也许这样的土耳其更现实真切些。

青春伴游郎

  飞机抵达伊斯坦布尔国际机场是凌晨5点，从北京飞到这儿足足10个小时。来接我们的是位背着双肩包的年轻人，他踮起脚尖儿站在隔离线后，手举写着中文的白纸片，一双深陷眼窝的黑洞洞的眸子在圆圆的镜片后机警地寻找……我们迎前招呼，刚想彼此自我介绍，那年轻人再也忍不住了，突然张嘴打起哈欠，两行清泪伴随而下。他极不好意思地低下头，浓密的青胡茬围拢的脸颊上泛起丝缕羞涩，操着对外国人来讲已相当流利的汉语歉意到：不好意思，失礼了，我也是刚下飞机。原来，他同是乘了一夜的飞机，从上海专程飞来作我们此行的陪同翻译的。我们顿生感动，以中国式的熟人般嘻嘻哈哈的方式打着趣儿走出机场。这便是我们踏上这方异域土地后见到的第一个与我们相关的土耳其人。

  这个年轻人叫Abdullah，是地道的土耳其首都安卡拉人。他还有个人们一听便知来由的中国名字：杰龙，因其太着迷"功夫"了，把武打影星李连杰、成龙奉为偶像。6年前20岁的他选择了远赴中国留学，考入天津师范大学就读新闻专业，毕业后又考上南京师范大学传播学硕士研究生，现为二年级。这次土耳其组织方之所以选择了他作陪同翻译，也正是其所学专业起了作用，因为我们一行均来自新闻媒体。杰龙很感激能得到这份"伴游"的美差，虽然是得不到一分钱报酬的"志愿者"，但能免费回家一趟也是"天上掉馅饼"好事，有多少在华的土耳其同胞羡慕呢。当然，他现在还不能急着奔安卡拉，必得"把中国客人安全送上返程的飞机"才算完成"志愿者"的使命。

我们与杰龙的交往就这样开始了，在访问的几天里他朝来晚去忠实地相随相陪，虽然日程表上的安排经常被主办方调整或被我们即兴打乱，他都以顺随的态度遵从照办，不去表达任何主张，一看便知是那种"特懂事的孩子"。到达的第一天，我们稍作休整，便顶着中午的大太阳直奔蓝色清真寺——苏丹艾哈迈德清真寺和圣索菲亚大教堂、地下水库参观，这是伊斯坦布尔举世著名的古代建筑与历史文化集中展示的标志性区域，也是熠熠闪烁的东西方等多种文化交汇、碰撞、融合的精神高地。我们陶醉于先人以智慧灵光淬炼、构筑的信仰殿堂，任思绪穿越时空，尽情沐浴艺术的甘露，自由、曼妙地遨游在历史的绚烂天空……杰龙很理解艺术膜拜者的"饥渴"，静静陪伴在身旁，从不多言多语，只有问到了方做些直译的解答。不仅如此，他也从不催促，相反还生怕我们有顾忌而心急看不好，不时小声宽慰提示：不必赶，时间你们掌握，去什么地方、想看多久，自己定。

太忘情了，不知不觉已是华灯灿烂，我们流连在石料铺砌的古老街巷，只见形形色色的店铺里投射出的灯光把顾客的影子拉长，这才想起肚子还饿着。杰龙接受了我们的建议，不再返回酒店的餐桌，找到家门脸儿就街的小饭铺进去。显然，杰龙不是为填饱肚子随便选择的这儿，而是特意找上门来。他把我们让进空间有些拥挤的"卡座"，边分发盘子和刀叉边介绍：这是家开了上百年的老店，做的牛肉丸子很有名，只要你提起它，土耳其人都会讲到这家饭店。甭费劲儿了，虽然菜单上密密麻麻排了很多名目，我们还是毫不犹豫地点上了第一排的第一个，既然是特色风味儿，那就每人来一份，况且便宜得很，才12里拉一位。很快，留着唇须的店员腰缠围裙麻利地穿过狭窄的通道，端上了面包、冰水、生拌时蔬，最后才"隆重"地献上了主菜。不是说丸子吗，咋摆上来的像刚烤熟的红肠，圆骨碌碌的一人两条。杰龙推推眼镜，笑笑解释：土耳其的丸子就是长的。是呀，干吗就不能是长的呢？事物就是这样，再换个视角看它的剖面呈现出的便有可能就是圆的。对于我们来说，土耳其本就是让人飞越万水千山换个角度观世界！我们学着杰龙执掌刀叉的动作将丸子切开段儿，用叉子扎起小心送进嘴里……咦，味道喷香，真好吃！显然是都对了大家口味，盘子里的牛肉丸逐渐加快了消失的频率，不一会儿人人都吃得个精光。一位开始并不愿下菜谱的团友很有感喟地说：平时我不吃牛肉，生怕有腥味儿；哪知这儿做的却这么纯净鲜美，我看还可以再来这家店里吃一回！有这种想法的并非我们几个，墙上高高低低、密密麻麻挂着的被店主精心镶进玻璃框里的顾客留言，说明了只要到过这儿的人都有此愿望。这些留言都是手写的，行笔自由而流畅，有的歪歪扭扭，有的严谨有序，有的跳跃奔放，一看便知是食客们的即兴而书；用纸也是五花八门，什么质地的都有，不同的大小、颜色和墨迹等等一看便知是不同时期留下来的。我们凑近身边的一幅纸张很黄的留言细瞧，一时辨认不清是何种文字，但落款的时间分明写着：1917。了解一个国家或民族，最简单的开始或切入口就是吃饭，从维系这方水土这方人赖以生存的饮食品起。这是我们品尝到的第一顿正宗、地道的土耳其餐，从这个意义上讲，年轻的杰龙无意间竟成了为初来乍到的我们上第一节课的老师。

杰龙回到了自己的国家，但却因为我们回不到自己的家。虽然这样的"编程"从逻辑和道义上无可指责，可我们的心里还是常常泛起过意不去的丝丝纠结，毕竟这个涉世未深的年轻人已大半年没有回来过了，更何况还有貌美清纯的未婚妻在安卡拉痴痴地等着他。我们故意逗趣地问杰龙：你长得这么帅，一定有很多女孩子喜欢并追求吧？他闪着一双黑色的眸子温厚地笑笑，没有直接回答，而是口吻缓缓地认真道：我们都信任对方，彼此都不会背叛！杰龙说这话时望向远方，看那神情好像是安卡拉的方向……他说，她是中学同学，现在当地做老师。这次回来并没有告诉她，不愿她知道后总吊着心熬得难受；等把我们送走，他打算突然降临，给她一个惊喜……

土耳其是个信奉伊斯兰教的国度，仅伊斯坦布尔的清真寺就有大大小小450多座，信众占到全市居民的98％，每逢一天五次的定时宣礼时间，满城的天地间便会回荡起浑厚辽远的男声吟唱。杰龙是循规蹈矩的忠实信徒，对真主的那份虔诚是透发自骨子里的，每到宣礼声唱响的时刻都会以崇敬神圣的姿态庄严着，如果是恰在清真寺里陪同我们参观便会很礼貌地小声"请假"去做礼拜。当逢这个时候，我们会以静穆的眼光注目着这位青年英俊的脸庞或目送他清瘦的背影远去……信仰是支撑精神的力量！

这是个星期五的早晨，杰龙像往常一样准点来到酒店，要陪我们横跨凌空飞架于欧、亚两洲的博斯布鲁斯海峡大桥即阿搭土尔克大桥，前往亚洲区的一家经贸公司和一家民营电视台进行业务访问。一把我们迎上车，他便有些迫不及待地难为情道：如果可以，希望今天的行程能抓紧些，我和司机师傅想在一点钟赶回欧洲区的一座清真寺，因为每周五的中午是要做的最重要的礼拜。一切的行程都很顺当，节奏与时间的把握恰到好处，紧凑而不匆忙、从容而不拖沓，日照垂直时刚好结束了所有的访问，我们的汽车载满一车人的好心情欢快地朝着博斯布鲁斯海峡大桥驶去……

刚才还在喧闹的城市在高亢浑圆的宣礼声中安静下来，街道上原本拥挤的车辆霎时间没了踪影，杰龙和不同方向匆匆赶来的人们朝着古城堡墙边的那座规模不大的清真寺聚拢……这里的所有一切都在同一时刻被一个声音所召唤。我们好奇地随同前去，抓住这难得一遇的机会。这座清真寺占地面积很小，建筑风格很简易朴实，分上下二层，由一条楼梯相连，旁边一座不高的只有一个悬台的宣礼塔，虽然如此但人气很旺，从二层的主厅堂、露天廊台一直到一层的凉棚遮护的小广场上全跪着信徒，一看便知是那种具有历史承传、在当地很有根基和号召力的古老清真寺。我们照着所有人的样子脱掉鞋子，蹑手蹑脚迂回至二层门槛之外，屏气翘首朝里静观——百十平方米的厅堂里一位身着白衣头戴白帽的阿訇正盘坐中台主持教仪讲授经典,人们背对着门满满跪在地毯上,颔首弓背静静谛听。只见杰龙也容身其中,而且居于阿訇左手位不远的上好位置,那微合着眼的专注神情分明表露出他已沉浸进了心灵与思想交辉的氛围里……大约四十多分钟,礼拜仪式结束了,人们身形轻快地离开清真寺,各奔东西又没入了繁忙的市井之中……

不知是哪儿出了岔子,回国才两天的杰龙的银行卡不灵了,搞得小伙儿有点心神不定。虽然他极力想掩饰住情绪,可那双不时泛出忧郁的眼神和经常回避一旁拨打手机的举动还是露出了端倪。我们关切地询问缘由,很想帮得上忙,并表示如必要可陪同或放假前往银行机构。杰龙道出实情,说自己正在土耳其电视台驻中国记者站实习,受同事之托在伊斯坦布尔顺便买样东西带回,可哪知信用卡打不开了,多次联系银行都被告知等待查核。他婉谢了我们的好意,坚持要善始善终做好陪同,其余的事自己会想办法。由此可见,杰龙年纪虽轻,却是个办事认真有责任心的人。不过,他的这桩事也成了我们的牵挂,没有结果的那两天总要不时地问几回。当然,在攀谈中也更深地了解到了这个作为游子的年轻人的志向和抱负:毕业后留在中国,当一名出色的驻外记者。他说不到中国不知道什么是地域辽阔,那里的许多东西都深深吸引着自己。他喜欢中国,更想把她介绍给更多的土耳其人。年轻真好,青春做伴,志在四方。我们被杰龙这颗年轻勃发的心打动,竟认真地为他设计起未来:记者是天底下最好的职业,它是有志者了解世界的捷径和通途。你可以先做记者,全面储备,积蓄力量,争取当外交官。谁也保不齐,未来的土耳其驻华大使不会是杰龙呢?

年轻人的心被点燃,眼睛里放射出激发于生命源流的光芒……

这时,有人玩笑道:如果是这样,你女朋友愿意远离家乡随你到中国吗?

杰龙像是醒悟过来,回到现实:还真没问过她。

有一天她成了你媳妇,假如不愿随你来,那可咋办,不真成了跨国分居了？又逗趣问。

　　杰龙扶扶眼镜，嘿嘿道：那就听她的……

　　无论未来的人生之途如何设定，这就是杰龙，一个注定这辈子跟中国打交道的土耳其人！

真主喜爱商人

　　来到伊斯坦布尔，串街走巷逛商场是必需的，无论男女老少谁都逃不过其魔力的吸引。不论从历史沿革的纵线来看——横亘罗马帝国、拜占庭帝国、拉丁帝国、奥斯曼帝国、土耳其共和国的千年变迁，还是从版图延展的横线来看——陆贯欧亚、海通三洲（欧、亚、非）的特殊地理优势，这里不仅理所当然地成了东西方思想、文化的重要交汇点，而且也与之相配地成了欧、亚、非三大洲丰饶物产的举世无二、多姿多彩、品繁物沛、斗奇现异的集散地。可以这样讲，只要是你想到的或古或潮的商品在这里多能找到。不必再作详述，仅是卡帕勒市场——"黄金市场"就足称蔚为大观，令人惊服慨叹！这是位于黄金角南岸世界少有的巨型室内市场，创建于1461年，内有20家客栈、80条街巷、4000家店铺、20000名商人、100万余种商品，是几个世纪来伊斯坦布尔游客最多的地方之一，整天人如潮涌，车水马龙。杰龙陪我们几次光顾这个市场，在附近参观凡有空闲都经不住被诱进来，然而无论怎么努力想逛全市场都是徒劳，每次都匆匆而至，穿过悬挂着阿卜杜勒·哈米德二世所书"真主喜爱商人"横匾的拜亚兹大门，尽可能迈开大步向纵深挺进，可到头来还是"冰山一角"。我认为这里最为吸引人的不光是琳琅满目、民族风格浓郁的商品，更是那虚虚实实、讨价还价的买卖习俗。斗智斗嘴、复转迂回、悬念刺激，那个过瘾啊！杰龙性格腼腆，待人和善，客客气气，开始在市场里帮着讨价还价很不好意思，甚至没两个回合就脸红怯阵了。不过，经历几天的"强度"训练，他很快适应了这样的购物方式，并且还饶有兴趣地当作一门技巧认真来学。古老的卡帕勒市场里有一条著名的古董街，那里大大小小的古玩店一间挨着一间，店主们都是久经沙场的"老江湖"，就连当地公开发行的导游册里都明确地称他们"人人都是资深收藏家"。可想而知，从他们手中"捡漏"压根儿就甭想，只要别被捉了"冤大头"就是好的。这里的店家不卖假货，百分之百保真，这关系到品德，人人都很自重；而每件东西的价格也如全球古玩行规没有统一公定的，涨幅高低尽在卖家嘴上，心情的好坏、眼缘的深浅、天气的阴晴都有可能是影响价格的原因，这一点无关道德品行，一个愿打一个愿挨，只要两相情愿便好。

　　我们在一家店里看中几件东西，中年店主从柜橱里小心取出一一摆在桌上。杰龙的艰难时刻到来了，要知道古玩行里都是抬价高手，面对这样的卖家极具挑战性，翻译的回合多且必须严谨，还得准确传递出我们或急或缓的语态和淡然、从容的态度。大家关注度最高最集中的是件清晚期的约三十公分高的象牙圆雕中国仕女像，店主开价2400里拉——约合人民币8500元。我们当即回应800里拉！杰龙被惊住，迟迟疑疑不知该怎么翻译，显然他第一次听到了悬殊相差如此之大的砍价。而我们此时的心态是你报你的我出我的，决不跟着走。反正也不知道当地的行情，狠咬着牙往下砍，最终价格标尺是明显低于国内行情，否则绝不成交。杰龙确认后回过话去，卖家瞪大眼珠近乎是甩头，做出一个拴绳上吊的夸张动作。我们笑笑，没再回应。沉寂片刻，卖家像是痛苦思考之后做出决定：2200里拉！他是古玩场上的老手，谙熟凡肯开价者必是真心买家的规律，故做出既是试探又是诱惑的让步。显然，这不是底价，还有压缩空间。我们摇摇头，也稍作价位调整：1000里拉。杰龙直接翻过去，口气表达出了诚意。卖家听了，低头盘算，一会抬起头来冲着杰龙比画着嘟囔一阵，杰龙也与之一番长串儿交流，那表情还挺严肃认真。卖家叹口气，咬牙一拍手：看你们是真心想买，我就大大再让一下价——1800里拉！这已是个不错的价格，说明他不想让顾客流走且有强烈的成交意愿。此乃考验的关键时刻，真不好判别其利润空间还有多少，能否再博弈下去，就看谁沉得住气。我们仍然表示价格还是偏高，判断店主若真想出手，只要挺挺极有可能还会再降；这当口一定要保持好心态，反正钱在自己口袋里，不掏出来又跑不了。很快又打了两个回合，杰龙的表现可圈可点，分寸度拿捏得极好。球又踢给对方了，沉默良久，卖家几次拿起仕女雕像端详又放下，思索再三，终于背身拨通手机小声嘀咕了一会，然后转回身一挥手，像是壮士断腕一般：最后一口价——1300里拉！成交！大家的手握在了一起，畅快的笑声溢满了小店……

对我们来讲这是桩性价比不错的交易，对卖主来说也应该是足有赚头的上算买卖。要知道天底下一个道理：会买的永远不如会卖的！在人流穿梭的街道上，我们兴致甚浓地边行进边议论，特别是那位购得牙雕仕女像的团友更是如获至宝的兴奋。小步紧随的杰龙认真听着，似颇有感悟地往心里记。忽然，他快赶两步来到身边，凑近我的耳朵小声说：刚才店主跟我商量，在价格上让我帮他，表示事后悄悄给我抽成。我对他讲，这些中国人是我的朋友，我不会要一分钱，只希望你把价格让得更低。

……

真主喜爱商人——阿卜杜勒·哈米德二世的这句话再次回闪在我的脑海，不论这位奥斯曼帝国最后的国王题写此匾的本意及出发点是什么，然而它却给出了富于哲学思辨的无限空间，可以说自从卡帕勒市场建成5个多世纪以来，每位在这里的经商者以及光临过的顾客对其内涵都会有自己解读和答案，因时代、盛衰、年景、天气、心情、交易等等从宏观到微观或社会或个人，或运势或心境，或商品或商家的当下不同而千差万别有所不同。此时，我对这句招牌式的金匾"格言"也有了自己的感悟：商人是搅动财富之澜、探知市场冷暖的水手，也是国家社稷繁盛萧条的晴雨表，市井安商人旺，社会乱商人散。而具体到买卖交易场，商人不仅把握着钱财多寡的天平秤，更在紧攥着道德良心的试金石，当然商人自己也同众生一样在真主明察秋毫的慧目之下。这样的商人难怪真主喜爱，我看人人都会喜爱！

静谧清真寺

宏伟的清真寺、高悬的宣礼塔，一座座、一丛丛，这是缠绕在博斯布鲁斯海峡的伊斯坦布尔最大的建筑特色和最显著的"表情"特质。它们是历史天空下这座古老城市熠熠生辉、不可替代的独特文化符号和精神图腾。可以说，来到这儿的人无不走进它们、拜谒它们、叹赏它们，若不如此，根本不可能真正呼吸到这方水土的空气和感触到这方族人的灵魂。因为，这里承载着土耳其人的历史、文化、信仰、艺术、哲学……这里是他们神圣的精神家园！

金角湾，碧海蓝天，水波荡漾，飞架于上的加拉塔大桥将北部地区与市中心连接起来。南岸，繁忙了千百年的艾米瑙奴码头旁，有一座建筑恢宏的清真寺，排列有致的一个个穹顶层层叠叠，两峰各有三个悬台的宣礼塔高耸云天。它建造于 17 世纪，却被当地人习惯称作"新清真寺"，想必是较更古老的清真寺而言的，久而久之便承袭下来。我们已熟悉了进寺的规矩，自觉脱掉鞋子轻声轻脚地走进礼拜大殿。也许是时至中午，参观者极少，清清净净，幽雅肃穆，有的屈膝跪拜虔诚祈祷，有的三两静坐凝目冥思，有的专注欣赏神情陶醉，还有一位中年男子在身旁妻子爱宠的注视下安然地躺在地毯上入睡……好一幅温馨平和的景象，仿佛这一刻世间的所有都凝固了，时间也在这里歇息下来。既能如此，我也仿效着坐在厚绒绒的地毯上，背靠栏柱闭目静心小憩，体味信徒们置身于此的内心感受。

不觉，一阵轻风飘过，有低低的交流声，那压抑着的有些不匀的气吁分明是怕搅扰了别人。我微微睁开眼睛，只见幽暗的光线里一对年轻的土耳其夫妇刚行过礼，丈夫正小心翼翼搀扶起妻子，而她的怀里正抱着熟睡着的看样子只有几个月大的婴儿。他俩有些歉意地微笑着点点头，我相视一笑摇摇头，并且用手势赞美他们可爱喜人的孩子。内心的真挚胜过任何语言，我们相互打着哑语，脸上绽放出纯净如泉的笑容……年轻夫妇开始以装饰精美的穹顶和彩色玻璃窗为背景照相留影，在镜头面前，妻子怀抱甜睡的婴儿露出只有母亲内心才能唤起的动人表情，丈夫手中的相机接连闪着光，把一幕幕温情定格为永恒。突然，年轻女子笑盈盈地走来，示意我张开双臂，接着缓缓将婴儿交到我的怀里。我毫无准备，霎时间脑子里一片空白，双膝机械地跪在毯上，双手像抱着"易碎品"动也不敢动地托捧在胸前。她做这一切是那么的自然，没有丝毫的迟疑和不放心即转身走向丈夫。哦，我明白了，妻子要亲自为丈夫拍摄，并且还要拜托我的同伴为他们夫妇留下二人爱拥的瞬间……

在陌生的情形下，没有任何疑惧地将自己的亲骨肉交给一位陌生的异族人，这是何等的襟怀与信任。这是生命的托付啊！人们都说，现今社会世风日下，互信危机，人人自危。我不清楚，在这对夫妇的眼中世界究竟是什么样子，是善是恶还是别的什么？不过，可以确定的是，在这圣洁神圣的特殊环境里，他们心海徜徉的一切都像婴儿的心灵一尘不染、清澈明净、光鲜美好。我想，这绝不仅仅是对宗教信仰的虔敬守望，更有良善人性的力量。其实，人世间最遥远的是心灵，最亲近的也是心灵，关键的连接点是建立在善良人性之上的相互信任。人与人做到这点并不难，也许就像这对夫妇与我建立起的"生命之托"的信任一样，简单到了只需要一个暖心手势的真诚问候、一簇彼此会心的笑靥绽放，只要她是来自灵魂深处的人性善良！

我望着怀中噘着小嘴无忧无虑甜睡的婴儿，心中升腾起一种由衷的怜爱，眼睛不知不觉间润湿了……

点心味道

　　周五的傍晚，伊斯坦布尔同北京一样，车流滚滚，拥塞难行，特别是出城的方向流速更加缓慢，走走停停，如龟步挪移。这哪里还算什么代步工具，看着窗外掠过的人影儿分明是在参加耐心加耐力比赛。古人们绝不会想到，曾经生活过的地方竟这般模样，与世界上的大都市得了一样的毛病。也许是都已习惯了这样的情形，也许是放假回家的"周末效应"，映衬在夕阳橘红色余晖里的车主们显得挺悠然，不慌不忙，有时还摇下窗子与不认识的司机聊上几句，脸上没有丝毫烦躁不悦的表情。我们看到的肯定不是生活的全部，透过车窗的视觉角度太局限了，这往往是造成事物认知差异的棱面照射结果。这不，就我们当下的心情而言便与人家不搭调，可谓心急火燎，如坐针毡，因为约定今晚要去一个土耳其家庭共进晚餐，本来就是互不相识的陌生人，初次登门就迟到，这未免太失礼了。

　　为我们服务的司机是个乐天派，技术又好，对当地的大街小巷熟极了，几天来没有找不到的地方，而且时间把握得恰到好处，不然咋敢夸张地挤弄着那张总在搞笑的脸自诩"伊城最好的司机"。他很清楚自己的职责和客人的忧虑，于是翘着两撇小胡须不住笑着朝窗外点头招呼，操着方向盘麻利地左挪右窜、见缝插针，几乎两个小时的路途就这么一点点蹭了出来，到达指定地点时恰距预约时间还差十几分。这里远离闹市中心，是城郊接合部典型的居民住宅区，一栋栋楼房高高低低沿山坡错落排列，背山面海很适于安居。下得车来，不见接应者如约等候，杰龙有些着急，开始拨打电话。这也难怪，不仅作为访客的我们，就连杰龙和那土生土长的司机也是第一次来这儿，同样是压根儿不认识要去登门拜访的主人。现在，唯一能做的就是尽快找到策划此事的人，那位经营电子产品的土耳其企业家法蓝。事情的缘起是在两天前"帕斯亚特经贸文化交流协会"的欢迎午餐上，他主动提出了这个建议，并操着生涩的汉语"没问题、没问题"地包揽下来；作为千里迢迢而来的访问者，我们当然巴不得能有这样的机会，深入到普通家庭实地了解土耳其人的生活。于是就这样，在土耳其烤肉的美味伴随下达成了"餐桌协定"，随时听候召唤的通知。

电话要通了，杰龙躲在一旁，神情有些焦急地对话。一阵，他走过来，脸色为难地歉意道：对不起，法蓝先生说了还在路上，一下赶不过来，要我们照着门牌号数自己找，主人在家正等候呢。呵呵，真不见外啦！突如其来的变故，虽然带来了不能直接到访的不便，却也免去了前有引导的客客气气的礼宾式相见。如此身陷陌生境遇，我倒觉着有几分亲熟感，有些像中国人走亲访友的意境，而且是那种怀着打听多年方得其下落的一路寻访而来的重逢期待。我们随杰龙走进路边的一家餐馆，打探面前这依山势交错排列的楼丛中哪幢属于要为我们敞开门扉的。显然是快要到迎接客人进晚餐的时候了，服务人员都忙里忙外准备着，见有客人进来个个笑脸招呼，弄明白是寻路的更是热情至极，伸脖探耳眯眼睛地专注倾听，乐不迭地争相援助。看得出，他们对待工作、生活和人的态度轻松、快乐、友善。生怕说不清，又为了把路指的准确更准确，他们拽上杰龙来到围着露天餐桌正打土耳其式麻将牌的几位老者前，又一通不厌其详的指指点点，那熟门熟户的劲儿一看便是当地的老住户。甭说是杰龙彻底弄明白了，就是我们这些听不懂讲话的外国人，也从大家乐助相帮的声调和手势里猜出个差不多。其实，要找的人家就在与餐厅并排的侧上方，拾级而上十几米左拐的那幢楼即是。"叮咚"，四层那扇棕色的门被敲开，迎出来的是位中等身材的土耳其小伙儿，他不给人以陌生感，没有那种见了生人的矜持拘谨，脸上的表情松弛、自然，一看便是发自心底里的似久违了的喜悦。进门脱鞋，赤脚入户，我们被径直带进宽敞的客厅。这是个被聪明的主人精心规划布局的空间，五六十平方米分置为三个功能区——左手夹角区摆放着西式长桌，可围坐八人，为用膳区；右手夹角区竖立着陈列柜，各种异国风情艺术纪念品展示于橱窗里，一张靠椅一支落地灯组合放置，为读书阅览区；正前方几乎占去半个厅面积的为会客区，有三组木质欧式雕花布艺沙发围成"回"字形，分置不同部位的茶几上摆着翠映艳美的珍奇鲜花，敞亮的玻璃窗占去整面墙体，夕阳没去前那最后一缕温煦的橘红光辉透散在编织精美的土耳其手工地毯上，好个静谧、温馨的家啊！

年轻的主人安顿我们落座，端上新鲜水果分送到每个人的小碟里，嘴上不住地招呼：大家别客气，就像回自己家一样。他名叫阿布都拉，一张中亚人的貌相，言谈举止很朴实，一看就是那种靠得住的实在人。简短交谈中，我们很快知道了他年方32岁，未婚，曾在新加坡开了6年土耳其餐馆，生意做得挺红火……有如此经历，无怪乎他会说几句简单的中文问候语，只是音调极不标准，一听便知是在经营场中拼凑学来的。"等等、等等"——不知有啥事，阿布都拉弯着两道浓眉微点着头很礼貌地退出客厅；不大会儿，他又缓缓推开门，侧着身子伴随一位身材瘦小、稍有驼背的老者进来。我们立即起身，欲迎上这位尊长。哪知，老人家腿脚麻利，小步快走地先迎到近前，像老友相逢地一个个紧紧握手，翘着长下巴连声欢迎，然后打着手势示意我们随他自由落座于沙发。阿布都拉这才找到机会介绍长者的身份：父亲——这家掌门立户的真正主人！我们将称赞与祝福送给这位71岁的健朗老人，他很淡然平和地微笑着回谢，说：我喜欢中国人。原来，退休前他是伊斯坦布尔一家电视机厂的工程师，十多年前曾到过中国的上海，与同行学习交流，结下了深厚友谊。正好，我带来的礼品是杭州的西湖龙井茶，想必老人不会陌生，或许它的清香会唤醒他尘封已久的东方记忆。果然，老人接过茶后有些久违了的激动，当即打开茶盒，凑近鼻子狠嗅了两下，说这是自己印象里回味多年的中国味道……一个国家、一种文化，往往留给人们记忆深处的是浓缩了的甚至抽象化了的符号，它也许是一个人，也许是一处景，也许是一本书，也许是一种味道！

阿布都拉帮父亲小心收好茶，没想到刚转身回来又收到给自己的礼物——山西民间剪纸《喜鹊登梅》。听了介绍，他明白了图样上那两只上下对偶喜鹊的意蕴，像个孩子似的露出纯真的笑容，抑制不住内心的喜悦，说：我已订婚，今年就和女朋友结婚。真诚感谢你们，给我送来了这么美好的祝福啊！真是意外之喜呀！没想到我们带来的礼物在恰当的时机恰当的地点送给了最恰当的人，谁又能说这不是冥冥之中的机缘暗合呢？

我们与这家人的交谈已十分融洽。

这时，门铃响了，随即那位热情的土耳其企业家法蓝像挂着串快乐的铃铛，笑声朗朗地走进家来，见客厅里的气氛竟如此热烈，瞪大眼睛一脑门子的意外，待迟疑片刻回过神儿来，不禁如释重负，畅声朗笑：我这个中间牵线人是多余的。看来迟到是有好处的，我也不必为此道歉了！哈哈……

我们谈天说地，欢声笑语，融融其乐的热乎劲儿真成了老友聚会！

开宴的时间到了，我们被请上餐桌，依照安排南北对坐，唯有阿布都拉的父亲背西面东端坐在上首位，一来表明主家的身份二来也显示了大家对长者的敬重。温馨的灯光下，各种形制的器皿盛装着或条或片或丝或块的菜肴，红红绿绿摆满了一桌，看上去不仅馋眼而且更吊起了食欲膨胀的胃口，原来"秀色"本就是可餐的。简直是变戏法儿，这么些碟碟碗碗是女主人在人们聊天不注意时静静摆上来的，仅这一点细微细节便不难感受主家的精心与真诚，而且土耳其企业家法蓝进一步介绍：为了这顿晚餐他们从昨天就开始准备了。伊斯兰的教规绝对是禁酒的，甭说在家里就是土耳其大街小巷的餐馆里也休想见到这种液体的点滴流动，它被视为催发欲望的惑心之水。因此，开宴时没有什么像中国式的全体起立交杯对盏的"仪式感"，主人率先拿起刀叉示意开席间或伴有几句请让的话，再就是给客人推介菜品的美味。阿布都拉的父亲便是这样开始了，让儿子用公叉、公勺为我们餐盘里分送佳肴，每一道菜都要招呼着让客人品尝到。这是桌冷热混搭交汇的晚餐，蔬菜类的基本为生食，鸡、鱼、牛肉类为烹制，但少油少盐轻火候，其口味不怪不奇很纯正，吃到嘴里爽利、鲜嫩，尤其是主人腌制的泡菜与中国人吃的一个味儿，是那种连同乡情一起浸入骨子里的味道……我没有考据过这种味道与我们传统习惯为何如此相同一脉，不过土耳其人多为突厥后裔的事实却昭示着与中国历史的深厚渊源！

这是顿愉快的晚餐，一桌人亲和无间，无拘无束，话来语去，尽情聊着"大天儿"，许多时候竟忘记了彼此的国族身份，仿佛在这样的环境气氛中语言不通已不是了交流的障碍……

……

餐毕，我们被请回到会客区的沙发，本以为小憩一会儿便该话别，况且时间也算不早了。谁知，盛情的主人依然是那么认真，按照土耳其的待客习惯程序不乱地继续着……精美的巧克力甜点、鲜艳的时令水果、枣红的土耳其茶……我们比画着肚子以示饱胀，可还是经不住主人一再的热情礼让。这时，不知啥时出去的阿布都拉推开客厅门，手里托着一个盘子乐呵呵地进来。他把盘子里的食物分给每个人，说：邻居听说我家来了中国客人，特意制作了面点送来请你们尝尝味道。好客的土耳其人！这在欧洲国度，简直是太意外了。阿布都拉回答我的好奇：我们邻里关系相处很好，经常串门走动，聊天喝茶，谁家有事都去帮忙。原来如此，在人际交往上，土耳其同中国一样有着趋同的观念和行为。这不能不说两国在文化理念上曾有的关联，就连阿布都拉家中墙上挂着的土耳其传统书法，也用笔墨的方式清晰地表达了源自古老的信息。

……

这是个难忘的夜晚，土耳其的一切将会被浓缩于这个普通家庭，以及其醇茶香饭的味道而深深植根在我们的记忆中。味道不仅是用来嗅的，更是是在里尝回味……

告别了阿布都拉一家，我们走下楼来，夜幕笼罩的天空悬垂着银盘似的明月，四处的楼宇都已进入了休眠的静谧。我们顺着来时坡道走到车前，不禁又回头望望那幢盛满温情的楼房，没想到四层的那扇窗子还通明地亮着，阿布都拉和他的父亲仍伫立在那儿遥遥挥手……

老图残记

　　绰拉博物馆距市中心较远，如同它的名字的取意那样贴切——绰拉即"郊区"的意思。过去，这里本就是伊斯坦布尔的郊区，但随着"城市病"的漫延膨胀渐渐变成了市区。虽然市政区域的地图圈占成这样，可这儿的氛围就像它至今未改的名字依旧固执地释放着"绰拉"蕴蓄的气息，窄街狭巷，房舍古朴、低矮，小门小窗，道路坡度很大，多顺遂山势地貌高高低低、曲曲直直，一看这里随时间沉积、物化了的一切都强烈地映射出先人质朴的哲学思想即"顺天而为"。

　　绰拉博物馆原本是座教堂，始建于公元4世纪，后几经扩建，直到12世纪30年代由艺术家泰奥多尔麦托其特斯赞助再扩建最终定型为今天的样子。显然，这个如今看来还像个"大镇子"的区域，依然抹不去当初缘何而聚而建的脉络印记，以教堂为中心呈扇形放射开来，所有道路汇聚的尽头似乎都是以它为终极目的地，这也从一个城建的角度证明了人们对宗教信仰的虔诚之心和宗教对社会演进及生活习俗等方面的影响力。信仰的力量真是无穷！我发现，这里的环境气氛与别处明显不同，没有如织的人流也听不到喧嚣的声音，沿街的商店和少有的地摊儿都安安静静，不去搅扰游人；经销的商品全与当地文化、艺术沾边，绘有各种古老图案的形制各异的"土耳其蓝"瓷片、绘有圣经人物及故事的油画和表现土耳其民族风情的水彩画、绘有艳丽色彩和逼真景物的质感细密的土耳其织毯、绘有丰富画作及摄影图片集成的画册图书等等……博物馆的参观路很特别，正门为出口，绕过去的后花园侧门方是入口，而就在其右夹着的一条古风犹存的石径对面，一幢二层小楼的建筑显得有些不同，围着门窗的墙面和屋前不大的空地上或挂或摆着的许多画作，浓郁的土耳其风格，长长方方，五颜六色，煞是好看。甭问，从构图的恰当到线条的质量再到着色的浸染以致内容表现的题材，再清楚不过地告诉人们这是家具有相当艺术水准的画廊。它引起我特别的兴趣，于是径直走了进去。里面的空间并不大，一层有两间屋子，稍大一点的是画室，温暖的橙黄色灯光下正有几位中年女画师手持画笔伏案作画，那不为来人袭扰的专注与禅定充分表现出具有的良好修养和艺术造诣；另一间稍小的是作品展示区兼洽谈室，与进得门来的走廊过道一样，墙上没一点空闲之处，错落高低挂的全是画，题材涉猎很广，有当地的风光、景物、风俗、民情、宗教等，还有表现民间传说和神话故事内容的。一位戴着眼镜、文质彬彬的土耳其小伙子接待了我们，通过杰龙的翻译尽可能地介绍每一幅绘画背景和创作特点。观赏中，我不经意地发现倚墙角一张条案上有两本画册，一幅幅大小很不规整的纸画被插进透明的塑料页袋里，看得出这是主人为妥善保存而精心放置的。我捧在手中一页页认真翻看，原来这些都是上了年份的古画，画工很细很精美，特别是好似天然矿物质颜料描绘的画面鲜艳如初，若不是那纸张的纤维质地和岁月泛起的发黄的纸边，稍不留神还真会误判为新画。我以为这是主人用于向客人展示的藏品，便没有任何欲念地探讨道：这都是老画吗？眼镜小伙儿目光疑猜地点点头，问：先生喜欢？当然喽！我传递出不容置疑的准确信息。小伙子反应迅速：那就请买几张吧。原来这并非非卖品！真的，这些老画张张都好，从题材到技法没得挑，都堪称无上虔诚与纯洁心灵辉映而生的精品；而且，更为珍稀的是它们无一不是绝世孤品，能见得到都是一种缘分！机会往往是给有实力的人准备的——我早在20年前的美国大西洋赌城就已验证了这个结论，眼下这批老画如能一笔收下，那将比把钱砸在股市和房地产上强得多。我又细致地翻看了几遍，最后精心挑选出一套七张绝对老旧的古画，尺幅虽不大，可画面反映的却是大景致，每一张的背景都衬托在伊斯坦布尔那湛蓝的海水、飘飞的云朵以及变换着的一座座著名清真寺和宏伟壮观的地标建筑中，一幅幅都是这座古老城市的实景写照，如今行走在街巷依然会游历于它们中间；而每张画的核心是人物，被设置在占画幅四分之一的右下角，与其他画作更加不同的是其表现的人物都是生活在当时社会下层的平民百姓，有浓郁的世俗味儿。

再翻看画的背面，眼前有了新的发现，一行行工整齐楚的阿拉伯文字布满纸面，凑近细瞧令人更为惊叹，这些娟秀灵动的字迹都是人工着墨一笔一画手写上去的！它们何以如此？出自何方？我心中勾起探究的兴趣，于是翻来覆去愈发仔细起来，从已严重泛黄的纸质到字里行间阅读者用朱笔点划的墨迹，再到每一张画幅上总有一侧边沿留有细微锯齿状的撕扯痕迹等等，最终找到了答案：这是装帧精美的由人工绘制的手抄本上的遗珍，说明成书的那个时期这里或这族还没有或还不兴印刷术；并且，从一页页纸上存留着的可观的蛛丝马迹和可感的种种信息判断，那书写着的阿拉伯字迹很可能是经文……

我破解谜底的结论得到了卖主的证实，果真是来自手绘书籍的残存，而且特别强调它古老的诞辰——奥斯曼帝国时期。从画的风格和表现的景物、人物来看，不难断定这是那个时期的东西，因为自从奥斯曼人成为统治者后，便把伊斯兰教带到了伊斯坦布尔这个原本为基督教兴盛的地方，于是这座城市也成了世界伊斯兰教的中心；问题是奥斯曼帝国经历了约5个世纪，这画究竟作于哪个年月？这个谜题得进一步研究、考据方能确切解密，不过从其老旧程度推测至少可上溯两三个世纪。一番讨还，很快谈妥成交价，我匆忙付钱，生怕主家反悔似的没入了参观人流……

绰拉博物馆所展示给世人的是辉煌无比的马赛克壁画，其表现的人物与故事大都取材于《圣经》，内容之丰富、色彩之艳丽、技法之高妙堪称拜占庭时期独一无二的艺术杰作，也可毫不夸张地说是世界上类似壁画作品最优秀的代表。由于王权的更替、信仰的不同，16世纪早期该教堂被改建成了清真寺，1765年人们又用泥浆将大殿内这些金碧辉煌的马赛克壁画遮蔽。直到21世纪早期，这些精美的惊世图景才得以重见天日、再绽芳容。可惜的是，当那一片片色彩斑斓的马赛克从尘封几个世纪泥皮背后炫目重现时，惨遭严重损毁的更多精彩却永久地谢幕了，遗留下的唯有那一处处斑斑驳驳不再愈合的疮疤！我们实在不好以现在的眼光去责怪那个时期的人们，更不好以超越现实的理念去评论当时的宗教信仰的隔膜，只是遗憾之极的是，这一束绽放着人类文明的灵慧之光像流星一样陨落消失了，而且匆促的是那样的不容思量，真令人扼腕痛惜啊！我仰望大殿穹顶那双目炯炯的基督耶稣圣像，不知怎的突然联想到了刚购买的那七张显现着时代烙印的古画和画廊里那两本沉甸甸的册子，心中不禁一阵发紧：难道说这些遗留在纸卷上的灿烂文明，也会像消逝的马赛克壁画那样遭受相同命运吗？难道说又要等到这些闪烁着智慧光芒的精灵悄然泯灭的时候，我们才恍然醒悟，捶胸顿足，追悔莫及吗？这样的悲剧在现今的中国已轰轰烈烈上演，而谁又敢说同样正处于经济飞速发展的土耳其不会呢？这一点必须警醒，因为一切文明印记是人类留给这个世界不可再生的DNA，是人类血脉根茎的延续，哪怕是一点一滴的流走都是对人类基因密码的缺失。要知道，面对祖宗先人，怎样的保护都不为过，无论政府还是民众都负有承传人类文明共同遗产的历史责任！

圣母玛利亚神情悲悯地躺在床上，基督耶稣双手捧起刚刚诞生的婴儿，信徒和天使们个个仪态关切地围聚在床边……这是多么神奇的蜕变啊，镶嵌这些马赛克壁画所用的鹅卵石是从伊斯坦布尔的河流及马尔马拉海岸边采集来的，而人类用精神的智慧和信仰的力量将它们幻化出了七彩斑斓、耀眼夺目的生命。我正专注地欣赏大殿入口处一组保存完好的壁画，一位同伴凑上来耳语。我有些急眼，压低声音抱怨为何不早告？他挺委屈，称在画廊交易前就已提醒，而当时心无旁骛的我根本没听见。原来购买的那套古画本为九张，还有两张遗漏在卖家那本厚厚的册子里！我不敢慢待，赶紧拽上同伴折了回去……

那位眼镜小伙儿如前一样平和且又加了几分镇定，从眼神及表情里透出的信息说明心中早已盘算我们准会回来。我急切地找到那两张险些分离失散的画作，提出要以原先的价格成交。可他却把头摇成拨浪鼓，一口咬定开出的新价，绝不肯退让半分。这是桩非做不可的买卖，彼此都很清楚，连窗户纸都没得捅。无奈，我只有被擒。不过，能够理解，这就是生意场上的规则，衡量艺术价值高低的唯一标准就是钞票。好在，这哥们儿不是太黑，开出的价格还不算离谱儿。要是在别地儿，可真就不好说了……

发动了的黑色奔驰商务车停靠路边等候着，我们都没急着上，而是应一位同伴的迫切要求，围蹲在荫凉地一张张展示古画，供他聚焦拍摄并"微信"传发国内画家朋友品鉴。借着这时机和户外匀称、自然的光线，我再一次更加仔细地观赏那些色彩鲜艳的画儿——双手拎桶的卖水人、全身挂满红鞋的制鞋匠、手持板斧的束腰士兵、沿街叫卖的小商贩、经营皮草的生意人……过目间，我突然又有了新的发现，这些画的技法和习惯与中国的传统绘画有许多相通或相似之处，如海水的波纹、翻卷的云团、茂盛的花草，还有不惜工本的大面积以金箔着色等等，更为熟眼的是有些人物竟然蹬着"人"字鞋、穿着对襟扣的褂……

皱褶里的夕照

　　伊斯坦布尔独立大道深处有一条寂静的窄巷，那里的店铺门脸不大，一家紧挨着一家，有的甚至把橱窗的位置也改作了铺面。然而，与其拥挤不同的是它不仅不烦不乱，还有份别样的清幽和情致，人们置身于此不得不压低声音放轻脚步。这里经营的都是文化商品，林林总总，五花八门，想得着想不着的东西似乎都能意想不到地见到；它与一般商业街还有一个最大的不同，即富有浓郁民族符号的商品跨越古今，什么时期的都有，并且所有的店主都是上了年纪的人（中年以上），由此这条巷子也就被浸润了一种独特的气质！

　　临近大街的最后一家店铺，一位老者坐在光线昏暗的玻璃柜台后一动不动，就连我们这样的外国顾客光临也没有引起一声半句的响动。显然，这店里很冷清，看得出已多时没有顾客上门了，货柜里零乱摆置的物件似乎也少有生气，没精打采地告诉人们这是家古玩店。我上前招呼，故作热情微笑，而老者回报的只是抬眼看看，脸上寡寡的没有一丝表情。境遇有些尴尬，让人接不上气的难耐。"一个古怪的土耳其老头儿！"我心里嘟囔着把视线移向柜台，打算伺机找个借口体面告退。哪知，一把连同手柄通体包银的镜子锁住了眼神儿，我用手指点着橱拒玻璃，让杰龙翻译要取看这面镜子。老者扭动了一下身子，伸手进去持柄拿出镜子，镜面朝下轻轻搁在玻璃柜板上。我小心捧起，就着照射进来的斜阳仔细观瞧——真是漂亮的银镜，厚厚的水银镀底的玻璃镜片被精心打造的银皮包裹着，依规制造型而游走的圆弧和流线雕饰着花纹飘逸灵动，尤其是圆镜背面被白银完全裹包，上面用阴线一丝不乱地刻出盛开的五瓣花和像天使翅膀一样飞舞的叶子，从中不难看出工匠一丝不苟的耐心和精湛高超的技艺。抚摸着那些规律有致且历经岁月依然清晰留存着的做工斑点，仿佛耳畔还能真切地听到翻飞在工匠手中那小锤的音乐般的敲击声。

不知何时，老者站起来，身量足有一米八几，黑压压似一堵墙，竟把一心专注的我吓了一跳。老者宽额阔耳，典型的"国"字脸，虽然布满岁月遗留下的皱纹但黄里透红的肤色显得挺干净。他指着手柄上一处肉眼几乎看不清图案却很精致的錾花，嘴里吐出一串儿浑厚沉稳的中音，杰龙同步翻译：1960年，土耳其造，做工精美，那个时期的代表。我将银镜小心放回玻璃板，脸上表情淡淡的，口吻似很随意地询价。对方看着我，不紧不慢道：200里拉。当时伊斯坦布尔市面兑换价——一里拉约合3块6人民币，一美元约合1块8角4分里拉。无须换算，我心里已确定"拿下"，可嘴上还要打个回合杀杀价，这样做不光是中国的行规同样也是土耳其买卖交易的习俗，这也算入乡随俗嘛！谁知，老人家不干，咬定这是最低价，还手指轻敲着那柄镜子说，现在光这点银子的分量就已值150里拉了。不知他是怎么估的，虽然土耳其盛产银矿和银器，价格相对便宜，可在我看来这把镜子的银子无论从重量还是成色上都应超出"开价"，更何况它还是个"老货"。我故意没去接茬儿，而看似漫不经心地将视线转向旁边贴墙竖着的古董立柜。隔着玻璃，又一枚银镜蓦然出现，所不同的是它没有手柄，而是有巴掌大小的满圆！再也无法绷得住了，我赶紧请主家取出捧在手上——这无疑也是枚老镜子，满包银、"满工"，同样为五瓣花和舞动叶子的题材，雕刻风格却粗犷大气，一道道凿线率直有力，整个图景扬动着生命的活力和绽放的青春。更为特别的是，这枚银镜有一凸起的立钮，是一只用镂花技法雕琢的鸟儿，尾巴长长的像孔雀一样散开，一双翅膀对称舒展，鸟头戴冠昂首向前，统观整体呈振翅翱翔状……啊，实在是难以言表！在布满岁月沧桑的银镜上，工匠们叮叮当当敲打出的组成美丽图景的一道道皱褶里，人们不难感受到闪烁着来自那个时代的昔日辉煌。要知道，我在土耳其看到的新、老银镜也不少了，多是用于墙上挂的，而像这种手持的尤其是带立钮的却很少有或者说我第一次见到。并且，它对我来说具有特殊的价值，这个飞翔的鸟钮以实物佐证了一个事实——土耳其人并非不将有生命的动物生灵艺术再现。事由缘起，离京赴土前一位友人告诫我最好把准备做礼品的精美民间剪纸收起，因有多幅图案上有鸟有人有动物，说土耳其人的讲究不把有生命的人和动物同时入画表现。

我示意着杰龙询个价，老人伸出两根指头：200里拉。我再也放不下了，目光真挚地仰视着他，口吻诚恳道：老先生，我非常喜欢这两面镜子，一起都买了，给个最后价。一般古董行碰到这种情形多少都会再让点，图个成交吉利，和气旺财。老人却没有退让的意思，固执地摇摇头：这就是最终价，而且我已经开低了。他目光落在那面鸟钮银镜上，宽厚的声音里共鸣着一股仿佛来自沧桑岁月里的气吁：这是奥斯曼帝国时期的镜子，200多年啦，上面作钮的鸟名叫幸福鸟，是女儿结婚的陪嫁，很难得，现在的工匠可再没有这么好的手艺了。无须再说什么，我当即如数付账。老者不急不慌地用纸一层层包装着镜子，一折一叠都齐角齐边，看得出他如此认真是怕物件不小心受到损伤。我突然记起那位土耳其帕斯亚特经贸文化交流协会秘书长而心的告诫，提出开具发票，以防海关查核。他没有应答，头也不抬，从柜台里取出一张名片大小的白纸卡，工工正正在上面写了一串字母，然后又找出一枚蓝色印油的长方形图章加盖其上，最终手握圆珠笔熟练地转着圈儿一画，看那流畅的走线好像是签名。老人将卡片递给我，指着自己的手书说：如果出海关有人拦阻，你就把这个给他看，告诉他东西是在我这儿买的就没问题了。

……

我和古董店的这位土耳其老人握手告别。老人第一次笑了，告杰龙：我喜欢这个中国人，他为人和善，总是微笑着。

我依然报以微笑，又一次握住老人家的手道别：我把这两枚珍贵的银镜带回去，每当看到它们，就会想起在伊斯坦布尔有您这样一位土耳其老头儿！

老人开心地笑了，满脸的褶皱里荡漾起人逢年少时方有的率真快乐，那映照在夕阳余晖里的眸子跃动着清亮的光芒，好像还闪着盈盈泪水……

有情就流泪

伸展双臂紧紧相拥、彼此拍打着肩背、左右亲吻着脸颊……我们的再次相见已超越了礼仪性的友善握手，而上升至了朋友间真挚率性的土耳其民族的习尚表达。帕斯亚特经贸文化交流协会会议室里，以秘书长而心为首的此次活动接待方的友好人士热情地迎接我们的到来；这是如期结束访问时，在即将离开伊斯坦布尔的当天，应主人邀请并安排举行的"告别性会晤"。的确，大家在情缘上已不再陌生，虽然是第二次见面，可几天来"遥控式"的妥切周到安排，仿若随身相伴左右一般贴心，故意念中已成为稔熟深交的老友。

记得首次会晤时，大家都穿戴得比较正规，一头卷曲黑发的秘书长而心、个子高挑的翻译库太、蓄着整齐唇须的企业家法蓝，个个西服革履，一色儿的白衬衣加领带，完全是外交礼仪式的隆重，就连会谈用的椭圆桌子也划分出了双方区域，宾主主谈人前还摆放了各自国家的国旗。彼此的交谈开场为礼节性寒暄，互致真挚感谢和亲切问候，接着介绍国情情况、活动背景，最后畅谈合作愿望及发展前景。大家在坦诚、友好、欢快的气氛中会晤，秘书长而心人已中年，性格沉稳而又不乏灵通，交流中经常会情之所至地跳跃出轻快的幽默，一看便知是那种具有雄厚背景根基且经过风雨见过世面的人，不然也不会成为这家覆盖亚太地区经贸、文化业务的掌门人。库太的中文相当流利，或因其在西安留学五年对中国的古代历史和文化多有了解，什么唐诗宗词李世民都能扯几句，是个思想成熟的有头脑的翻译。企业家法蓝是位与中国多年做着电子产品贸易的成功商人，性格开朗外露，形体动作的表现力极强，虽是50岁出头有着四个孩子的中年男子，可不高的体格里紧绷着旺盛的活力。会谈结束，双方互赠礼品合影留念——主人赠送印有协会徽标的土耳其咖啡瓷杯，让客人记住协会就是你的家，希望土耳其之行留下咖啡一样浓香悠长的甜美记忆；我们回敬了龙井、白茶、铁观音，祝愿"神奇的东方叶子"化作友谊的方舟，带给主人事业兴隆、平安康宁……

一回生二回熟。这次会晤时库太俨然成为大家情感的纽带，活跃于多点之间传递着热语真情，极其享受地扮演着职业赋予的角色使命。我们相拥互携着走进秘书长的办公室，围着小型会议桌不分方位主次随便落座，你列有我列有你，完全没有了那种外交礼节性的客套。与中国的习惯一样，客至茶为先，主人将茶端上了桌，而且分泡了两种，中式瓷壶里是铁观音，玻璃器皿里是土耳其红茶，注入杯中一黄一红漫着云雾，煞是好看，有一番别样的曼妙。坐在我身边的秘书长而心说：土耳其有句俗语——能坐在一起喝茶的人，不会对你心怀不轨。今天把你们的茶和我们的茶都倒在一起，大家的心就融在了一起！哈哈……他举起茶杯，邀约在座的人同饮。告别会晤就在主人的盛情和轻松的气氛下开始引入正题，我们应邀就各自关注兴趣即兴畅谈此次访问土耳其的观感……土耳其人民的友善、风光的优美、建筑的雄伟、历史的久长等等尽在感怀之中，而更让我们与土方人士感兴趣的探讨话题是今天的土耳其——

位于地中海与黑海之间、地跨亚欧两大洲，这得天独厚的地理优势注定了这块版图是世界上永远关注的热点，也是土耳其人引以为豪、得益享誉的天恩地惠。现在，随着土耳其入列欧盟，这里已成为拉动地区经济的聚焦关切点，我们所到之处都能听到看到感到市场经济催发的活力，那情形就像20世纪80年代的中国。在欧洲，德国是第一人口大国，有8000多万；土耳其紧随其后，人口为7000多万。照秘书长的话说：现在土耳其每年仍有100多万新生人口增加，照这样的速度用不了很久就能成为欧洲人口第一大国！他说这话时，眸子里话语中都充溢着憧憬与自豪。土耳其经济发展速度很快，特别是由于劳力相对廉价，许多劳动密集型的加工制造产业被吸附而来，使其财力迅速增长国力迅猛增强，甚至被人们惊羡地称之为"欧洲的中国"。今天的土耳其为何能快速发展？我们在走访中破解了其中一个"奥秘"：土耳其人口各年龄段的占有比例处于最优结构，年龄梯次分布合理，呈宝塔状，综合测算，平均人口年龄仅有二十几岁，如此就给这个国家提供了大量的青壮年劳动力，同时也形成了巨大的消费市场。可以这么称：年轻土耳其。相比之下，那些经济发展迟缓甚至停滞的国家和地区，其中重要原因之一就在于此，像如今的欧洲及日本等国的人口年龄比例结构严重失调，呈拿着大顶爬地走的倒金字塔状！不过，我们在侃谈中特别中肯和善意地提醒土耳其朋友，在经济发展中特别要把控好人口结构问题，以防止出现中国面临的劳动力与市场的窘境。

秘书长而心突然表情严肃地提出一个问题：现在中土经济联系很紧密，可以说两国的交往主要在经济领域。如果有一天没有钱了，还有什么能保持住我们两国人民友好交往的长久？

文化！我不假思索脱口道，只有文化的力量是永恒的！

于是，在座的所有人转入了另一个话题的探讨……

土耳其人被认为是突厥人的后裔。古代突厥是活跃于中亚西亚游牧民族，带有塞种及匈奴的血统，在南北朝至唐朝时住在现今中国西北地方。现在，其分布范围甚广，西到欧洲、地中海，东到中国新疆和俄罗斯北亚，全球使用突厥语的约有两亿人，而土耳其是最聚集的国家。不管历史的长河多么久远，其沿革的脉络清晰地记述着与古代华夏的渊源，这便是包裹文化的因子，无论时隔多久游移多远都蕴藏着萌发的基因。其实，只要留心，你会发现今天的土耳其人在许多方面都与中国相近相通，而这些表现于习俗、思维、艺术等之上的恰是文化根系滋养的花朵。我在与土耳其人不多的几天交往中，深切地感悟到了这一点，甚至那根寻觅的神经常会被一些眼熟耳顺或似曾相识的事物触发。比如彼此的国饮都为热茶、谈天说地喜聚餐、好友聚会设家宴、邻里交往一家亲、节日送礼串亲戚……我特别提出书法绘画艺术的表现，在当今土耳其的艺术门类里依然兴盛着古老的书法艺术，与中国人用墨迹追求的书写意趣及审美价值一致的趋同，不仅有用于题写制作匾额的习惯，而且就连普通人家的墙上也镶挂装饰着写有格言警句的书法作品；还有绘画，我拿出了在绰拉博物馆画廊购得的那组古画摆放大家面前，从海水、云朵的纹样，到人物的衣着服饰，再到大面积的金、银着色习惯等等对应分析与中国画古法的近通与联系……大家热烈地围拢在一起，七嘴八舌议论，两国人方方面面的相同相近点越来越多地被找见……

文化实在是种人类社会太奇妙的存在，既是精神的也是物质的，说大了它好像抽象的云里雾里摸不着边际，说小了它又具体渗透到了柴米油盐酱醋茶的生活方方面面。然而，它不论以什么样的表征文化符号存在，都是经过历史积淀而形成的，它是人们普遍认同的"基因"遗传征象和专属标志。因此，其文化符号的"因子"会伴随着人类族群和社会的演进执着而恒久地奔腾于血液里、植根在骨髓中。所以，今天远隔重洋的土耳其与中国才有了那么多在历史和文化经纬线上的交织与关联。我最后用了这样一句话作为收尾：土耳其并不遥远！

秘书长而心激动地站起身，用力地拍着我的肩膀：我很赞同你的观点！听着你们的激情演说，我感动得都要流泪了。人的真诚是可以用心感受到的！别忘了，我们同样也属亚洲！

……

伊斯坦尔国际机场，杰龙忠实履行着职责，驻足弯弯曲曲的安检隔离线的末端眺望，直到我们的身影没入海关闸口，这才背起双肩包拎着我们相送的茶叶转身匆匆而去。他要直奔长途汽车站，连夜乘坐大客车赶往安卡拉。我们透过玻璃隔墙目送着年轻的背影远去，默默祝愿他旅途顺通，在新的一天第一次宣礼声响起的清晨回到自己的故乡，去拥抱父母亲人还有那日夜思念的姑娘……

美国往事

都是中国人

　　我又一次踏上了美国的土地，弹指算来恰好时隔整整一年。

　　这是旧金山7月26日清晨——当地时间与香港比滞后12小时，可谓真正的颠倒黑白。我要过两个26日了，一时还算不清是赔是赚。不过，世界真是奇妙，永不复还的时间竟也有折叠功能。如此看来，寸金难买寸光阴的古训也并非绝对真理！

　　我们的飞机平稳滑行于被朝霞染红的跑道。人们长吁一口气，开始整理自己的随行物品。我用不着为此忙乱，一只黑色的皮包，搭肩即得。

　　"叮咚——"一串温和的英文广播之后，人们陆续停止了手里的活儿，摇头的、叹息的……一个个表现出无可奈何的神情。由于从架顶橱里取出的物品占据了座位，一些乘客无法回归原位，只好硬挺挺地杵在过道。

　　飞机像是回家找不着路的孩子没了主意似的，犹犹疑疑在跑道上缓行。这时，空气中的透明度已明显增高，光照也多少有些刺眼了。突然，庞大的机身顿了一下，站着的乘客显然没有思想准备，忽然失去重心，一个个腰姿难看地找寻平衡。前排过道站着的那位瘦高条儿一把没扳住椅背，斜着身子朝我砸来。亏着躲得快，脑袋刚一闪过，那手即重重拍在靠背上。他重新立直身子，扶扶眼镜，急忙道歉："对不起！"嘿！是"国语"。我本来就没打算生气，人在外哪能没个磕磕撞撞的。相反，我异常欣喜，甚至有些心跳的兴奋——可算又听到乡音啦！我不由自主站起身，简直是开心地笑道："没什么，都是自己人嘛！"说着把手伸出去，与那只瘦弱的手相遇空中……

飞机仍在缓慢地找着回家的路，我与这位高我半头、文质彬彬的同胞攀谈起来。他讲的"国语"相当好，言语里还掺进不少"普通话"成分。互相交谈，自然少不了那惯用的而又是务实有效的"开场白"。三言五语我便明晰了这位一头黑发（可能染过）、脸颊清癯、嘴唇轮廓极为分明的中年男子的简历梗概：此君姓潘，是香港人，5年前移民美国，常往来于美中之间经营旅游业。潘先生是典型的"知识分子"扮相，衣着得体大方而不奢华，为人谦和恭敬而又不失分寸，言谈举止清雅沉稳，镜片后的那双眼睛总是透着祥善沁脾的微笑。

"你拿的是什么护照？"很奇怪，当得知我是去纽约工作，他极有兴趣地问。

"私人护照。"我顺口回答，从上衣内兜儿掏出那本暗红色的护照。

他欠着身，双手接过去，翻开内页认真看了看，转而忙作贺喜状："L—1。恭喜！恭喜！"

我被搞糊涂了，不就是个"返签证"嘛，何喜之有？潘先生看着我无知的模样有些不解："怎么，你竟然不知这种签证有何用途？"

我莫名其妙地摇摇头。

他笑着把护照交还我，然后颇有责任感地说："这是美国移民局经对申请入境者评估后特别签发的，是美国对外签发的所有护照中最好的一种，除了可以多次往返，最重要的是只要在美居住三个月后即可申请办理绿卡，获得长期居住权。接着你还可以申请加入美国国籍……"

噢——原来如此啊！我如梦方醒。

飞机终于在一个停机坪前停下了。我抬腕看表：6时45分——整整比预定时间迟到了40分钟。"糟糕！肯定要耽误转机了。"我脱口道，心慌得嗵嗵直跳，两束乞求上帝般的目光投射到潘先生脸上。他很聪明，毋须赘言已知我是什么意思："没关系，我帮你！"说着，我两人相随走下飞机。幸亏上帝有眼，让我临下飞机时认识了潘先生，之后的一连串经历才有惊无险。不过，我敢断言，当时潘先生也绝对未曾料到后来的事情竟会那么麻烦。

封闭甚严的拖运行李候取厅，排排密织的顶灯把这个宽阔的完全为混凝土浇筑的"地下城"照得如同白昼。椭圆状的行李传送带形同蚰蜒似的一盘盘有序排列两侧，密密麻麻的旅客围拢在各处不同的候取线，个个目不转睛盯着运行着的传送带带口"吐"出的物品。照情形看，旧金山机场真够繁忙的，与我们同时抵达的各路旅客还有许多。幸好有潘先生在前带路，我们快步来到836次航班行李候取线。如若不然，我准保在这个环节又要疲于奔命、屁颠屁颠地费一番周折。

传送带启动了，大大小小、奇形怪状的行李物品鱼贯而出。随着各自的目标被发现，人们都少不了一阵杂乱。潘先生带我一同推来两辆行李手推车，全神贯注地随着转动的传送带寻找属于自己的东西。大约过了五六分钟，潘先生的拖运品"吐"出来了，我帮着搬至车上，心里不由地犯起急。怎么搞的，自己的东西咋还不见影儿，不会是又出了岔子吧？不知为什么，这时传送带又偏偏停了下来。真是怕啥就来啥。潘先生等了两分钟，见一时没指望，看看腕上的表，俯首道："我先行一步，因为美国人与外国人不在同一个海关出口通道。你稍后跟来，我在关外等你。"说着，他推动行李车朝着远处4号通道走去。我望着他渐渐缩小的身影，本就不安稳的心更是"嗖"地提上嗓子眼儿，该不会……唉，想也没用，最当紧的还是找到自己那两只箱子，而且越快越好。说实在的，如果里面不是装着日后生活的全部家当，我真想一跺脚统统扔了！

过了许久——在我看来简直比十年都长，传送带才又好不容易重新启动，等我焦灼万分地瞧见那两只鼓鼓囊囊的箱子时，真恨不得上去暴揍一顿这俩"家伙"。我抬腕看表，这一耽搁又过去了将近半个小时。我推起行李车迅速向海关出口小跑，任凭满脸汗水顺着鬓角往下淌流。

刚跑至6号通道队尾——潘先生事先替我打听的外国公民入关口，气还未等调匀，一个披着金发的机场女工作人员指手示意，要我去排4号通道。这不是刚才潘先生那类美国籍公民使用的吗？我心里纳闷，可又无法细问，只能服从——但愿会像歌里唱的那样："一切行动都要听指挥，步调一致才能得胜利。"谁知，我才把行李拖到4号队列，又有人拍肩膀了。我扭头一看，原来是飞机上那位帮我填入境卡的小姑娘的爷爷。他是从7号通道特意走过来的，关切地说："你再问问，去纽约的应该排在几道。"讲完，他笑眯眯地缓慢走回去。我定神注视老人，想起了中国人的那句老话——亲不亲故乡人啊！我只好拿出机票，出示给前排的老外比画着问。对方友好地摇摇头："NO！"恰在这时，我身后又出现了一位白人姑娘，她接过票看看，又给我指指2号通道。我以感激的笑容向她致谢，嘴里不住地叨着生涩的英语："Thanks！Thanks！"

2号通道，把守海关者是位健壮魁伟的黑人，站在闸口活脱脱一个"一夫当关万夫莫开"的美国李逵，所不同的是他笑容常驻。我走过去，主动把护照、入境卡、公司文件等所有需要或不需要的文件、纸张交上，任凭那黑人问什么我都一个劲儿地摇头。他瞪着黑溜溜的眼珠看看我，似乎明白过来什么，扭脸冲着身后不远处的一位穿着制服的年轻同事召唤。这是位会讲"国语"的中国小伙儿，走上近前先是向我问好，然后很习惯地置身黑人旁边当起了翻译——看来常有类似我这样的主儿。

黑人问："你是去哪个公司?"中国小伙儿译给我听。

我答："美华传播有限公司。"中国小伙儿再译给黑人。

"公司在什么城市?"

"纽约。"

"你去公司干什么?"

"工作。"

"你在公司担任什么职务?"

"总经理。"

"公司主要经营什么业务？"

"广播、电视。"我又特意向中国小伙儿强调是华语广播、电视。

黑人听了点点头，又说了句什么。中国小伙儿轻松地冲我一笑说："好了，你可以过了。"说着，他转身又去忙别的事了。黑人掀开我的护照内页盖了戳儿，然后扯去入境卡的上半截留下，其余均还给我。我装好证件和那些文件刚要走，忽然黑人又拦住去路，指着蓝卡片上填写的"$1000"询问什么。我自然听不懂，他干脆拿起笔在卡上写了个"S/D"（查验后放行），指示我去1号通道口。候在那儿"接待"我的是白人，他看看卡后又把那位中国小伙儿找了来。

白人问："你带了一万美金？"中国小伙儿惊异地翻译道，赶紧抽过卡片看。

我吃惊道："没有呀？"

中国小伙儿指着卡片问："这填着什么？"

我接过卡片瞪直眼睛瞅，哎，原来是填写携带物品价值及现金之合计总额一栏出了问题。准是我不小心将渗有汗渍的手指按压在了上面，使其填写着的1000美元字样的纸面洇得有些模糊。这4位数是我在飞机上回答代笔填卡的小姑娘提问时估算的，而且还有意将实际拥有财富量稍稍报高了点，生怕出关时美国人以他们的价值观念来衡量中国的商品值，以不致因此出现麻烦。其实，他们哪里知道我囊中羞涩，浑身上下只有那一眼就能数得清的250美元现金。

我急忙歉意地说："对不起，这本来填写的是1000美元，是我不小心弄脏了。"

中国小伙儿一句一顿地把话翻译过去。

美国白人极认真地对着灯光瞅了半天才点头："OK！"

中国小伙儿吁气对我解释说："美国政府有规定，凡是携带现金额超过一万美金的都必须严格盘查，问明来源，认真登记。"言罢，他又告诉我原定7时30分飞往纽约的900次航班已经离港，只得改乘9时的班机。说话间，他迅速在我箱子的行李牌上将班机号改为862次，然后示意我出了海关往右拐，到G台去办理登机手续。

我谢过这位异域同胞，推着行李车往外走，心里不住在打鼓。真不知晓，我还要怎么倒霉才算个完呀……

"张兄！"刚走出密闭性极好的海关闸口，阳光明媚的大厅里有人叫道。起初我没在意，误作一句英语，只顾揉着眼去努力适应重见"光明"后那灼目光照。况且，还没人这样称呼过我。

"张兄！张兄！"那人又喊了两声，听声音是冲着我来的。

我手搭凉棚寻声望去，脑仁儿"嗡"地一震，大喜过望——"潘兄！"霎时间我也不知怎么称谓是好，相随应着冲口而出。其实，潜意识当中我原本对潘先生早已绝望了，"我在关外等你"只不过是句脱身之辞罢了，何况时间又拖了这么久。万万没有料到，这位潘先生为了一句承诺居然忠实地等候了足足四十多分钟！这是何等的境界和人品，又怎能不叫人感动襟湿！

两双相同肤色的手又一次相遇空中，握得紧紧、紧紧……

在潘先生的热情帮助下，我的换乘登机手续办得很顺利。不知他同G台里的服务小姐是怎么说的，竟然还给我要到了一张商务舱位（二等舱。我所持原票为经济舱——三等舱）。望着那两只行李箱顺着862次航班传送带流走，我心里的包袱终于彻彻底底地卸了下来。我深深吁出一口气，周身从来没有像现在这样舒畅过。

"张兄。"潘先生像想起什么，主动提示道："你是否打个电话给纽约，通知改机的事儿。"

瞧我，简直忘乎所以了，竟把这事儿丢在了脑后。亏着有潘先生。

拐过走道，进了电话厅，我傻眼了——顺墙挂着的一排排电话机全部是使用磁卡收费。我兜里预先在香港兑换的美国硬币派不上用场。

"用我的，不要客气！"潘先生从钱夹里掏出磁卡塞进电话机，又问清要拨的号码替我接通电话。

电话的另一端是在纽约接应的朋友张倩丽，事先她说好要到机场去接我。我省去了平时那些问候语，简捷扼要、语气急促地解释了一下换机之事，强调让她改接862次航班。具体抵达时间留等她去询问。

我挂掉电话，把磁卡还给潘先生，不停地一再致谢："真是太感谢了！谢谢、谢谢！如果不是碰到你这样的好人，我真不知会怎样。你为我浪费了那么多时间，还替我付了电话费，我真不知该怎么感谢你……"说着，我赶紧掏出张50美元面额的纸币，硬塞给潘先生——在美国是很讲究"小费"的。

潘先生用力地摇摇头，郑重其事地推过我的手："张兄，你这是干什么？帮这点忙算不了什么，咱们都是中国人嘛！"

我震惊了！"咱们都是中国人"——这句话，在国内时我从来没有感到它有这么重的分量！我颤巍巍地收回手，眼眶湿润了……

潘先生要走了，他与我握别："我得走了，还得赶四个小时的路程，不然我一定把你送到85号登机口。"说着，他掏出一张名片交给我，"咱们交个朋友吧，有缘日后再见！"我也把自己在纽约公司的名片交给他："定会有缘的！"

潘先生——不——潘兄真的走了……

我一动不动伫立着，心中真诚地为他祝福！

在这里，我也真诚地希望所有相识或不相识的朋友都能记住这位"潘兄"，并且有缘聚首相认。他的名字叫——潘绍达。

美利坚不相信眼泪

　　炸耳的音响震荡着楼板，嗷嗷的怪叫声不时穿透水泥隔墙钻进屋间——楼下的"F4"又发神经了！不知这脚下住着的是怎样一户人家，似乎对铿锵激越的现代摇滚乐无限热衷，经常将大功率音响调至爆裂极限度，然后随心所欲地踏击着强劲节拍放喉狂舞，尤其以茶余饭后及公休日更烈。听响动，这一家子人丁兴旺，除了一对父母之外，还有一群不甘寂寞、表现欲极强的孩子。但我可以肯定，他们绝不是中国人。

　　狂躁的摇滚乐震颤着地板，也震颤着我那颗难以平静的心。我不晓得自己该做些什么，确切地说是面对眼前的处境不知该如何去做。我离别祖国、亲人，远渡重洋踏上美利坚，唯一的目的就是在熟悉的广播电视领域施展一番抱负，将纯正的华语和真正来自中国的声音传播到太平洋彼岸，除此之外别无他图。可以说，我毅然决然地飞向这个陌生的国度，心中的憧憬与渴望绝不亚于当年蜂拥西部淘金的发了疯似的美国佬，为之奋斗的虔诚与决心绝不逊色于千里迢迢跋涉去麦加朝圣的伊斯兰教民。然而，又怎料到事情办得并不顺利，原有意向合作的广播公司老板见过一次就再不露面，迟迟不给回音，好似把我的人吊在了半空中，真不知他葫芦里到底卖的是什么药……

　　我再也无法忍受楼下的号叫，狠狠跺了几脚地板，性情狂躁地抡拳砸向墙壁。

　　"F4"终于平静了。摇滚乐和声嘶力竭的狂叫声骤然而止，霎时间叫人无法适应，就像夏日农庄的蝉鸣冷不丁地哑然，使备受折磨的耳鼓突然失去听力。我一头倒在床上，不知不觉晕头睡去……

"嘟——嘟——"我被电话叫醒，睁眼下意识地先朝透着阳光的窗子望去。向西斜去的太阳将时间映在墙上，噢——已是下午时分。

听筒里传来倩丽的声音："你在家里等着，不要外出。我这就带两个朋友过去。"未等我醒过神儿来搭话，她已将电话挂断……

不大工夫，倩丽带着两个40多岁的男子来了。个儿矮些的、肤色较白的叫吴刚，身材高大、一脸沧桑老态的叫吕明东。

我倒水沏茶递烟地好生勤快，情绪也随着笑语颜欢和杯中漫游出的蒸气升腾起来……

吴刚原为中国药品总公司驻美业务人员，现已跳槽单干，在纽约成立了自己的公司，经营的主要业务仍是老本行——医疗器械、设备、药品等等；所不同的是，过去他的主攻方向是怎样把标有中国制造的产品打入美国市场，而现在却转身180度，掉过"枪口"，全力投入洋货在华登陆的攻坚战。也许出于民族感的国人对这类所谓的"吃里爬外"的行为难以忍受，会觉得不仗义，甚至以"小人"诛之。其实，这类事情在美国已司空见惯，许多以国家、地方、行业系统名义派出的业务人员，起先是携带几万、几十万元来此安营扎寨，待毫无生计之忧地平稳过渡两三年之后，业务跑熟了，自觉脚跟站稳了，便会来个"佛跳墙"，以个人名义注册公司，自立门户，改变身份，从此成为旅美商人。人在商海，自然身不由己，也确无"仗义"可言，为了生计，为了生存，为了不被淹死，抓住根稻草就是命根，哪还顾得上它长在哪块土地上。因此，毋庸怪罪他们。我们善良的国民实在应当对漂泊海外的这些游子表现得宽容、大度些，莫要以传统的那种爱憎标准再苛求他们。他们离开自己的祖国去闯世界，实属不易啊！或许，他们万般无奈时，还会吮吸母亲的乳汁，还会以物贸方式换取几张父亲兜里的钞票，而就我们这个注重亲情的民族来说，这都是应该的。不然，他们又能到哪里去找寻慰藉呢？

小坐一会儿，倩丽和吴刚先走了，留下吕明东陪我聊天。临出门时，倩丽特意冲吕明东道："记住，拜托啦！"老吕会意地点点头。

清茶的淡香掺和着浓烈的"万宝路"弥漫于客厅，混合着水蒸气和烟雾的气体被夕阳余晖和屋顶的灯光挤压在玻璃窗上，像怪状的雾，像破损的纱。我知道，借我入住的房主、一向清洁的马京萍（美华传播有限公司主出资人）若在场，绝不会容忍如此情景发生，虽然吕明东也是她的朋友。我内心有一种负罪感，但也无暇顾及了，谁让她因工作逗留国内迟迟不归呢！

吕明东总给人一种厚重感，沙哑的嗓音、灰暗的面色和网着血丝的眼睛使得整个人都沉甸甸的。他是北京人，原在名声赫赫的中信集团某部门任业务主管，父亲曾任国家某部高级官员。两年前，他辞职赴美，与捷足先登于纽约的妻子会合。然而，当他同阔别的妻子团聚之时起，欣喜的冲动立即被抑郁的愁云取代，手中的那本"L—2"护照已经决定了他踏上这块土地后的命运。"L—2"意为来美工作人员的随同家属，根据美国法律规定，持有此类护照者绝不允许外出做工，任何企业均不得雇佣，凡查获违反规定者都将处以重罚。因此，老吕这位堂堂汉子只得闲坐家中，成为靠老婆养活的吃"软饭"者。

老吕一句一叹，苦不堪言……

"你没想过再回去吗？"我问。

老吕搓着双手，垂头叹道："想！我现在还在想。可是不行哟！出来两年了，一直生不如死地窝在美国，但就这么回去又怎么好意思。再说，回去又能干什么，过去的关系丢掉了，还得再挑摊子从头做起。唉，很矛盾啊！走一步瞧一步吧！唉——我真羡慕你的L—1！"

客厅里寂静无声，唯有渐渐罩上夜幕的玻璃窗间游荡着丝丝缕缕的烟雾……

该往肚里喂食了，老吕很爽快地接受了共进晚餐的请求。我尽其所有，蒸锅米饭炒了几个菜，手脚勤快的像个家庭主妇。

老吕夹起菜放进嘴里，嚼动几下停住了，歪头瞅着我的脸。坏啦，莫不是盐搁多了，不合胃口？我心想，自己练的手艺准保演砸了。少时，老吕脸上露出几许难为情的笑意："嘿，嘿……你这儿有酒吗？"

酒？我来了这么些日子还真没有留意过，不过我情愿为这位难兄做一次努力，去搜寻厨房的角角落落、柜柜阁阁。真够幸运，在顶柜一角还真找出只茅台酒瓶，拿在手中晃晃——有酒！我拧开已被启封的瓶盖，把残余的大约三两多的酒倒进茶杯，然后试探性地就着瓶嘴抿去最后几滴。妈呀！这是什么味道，酒不是酒，水不是水，想必是启封后放得日子久了。我吐着舌头歉意道："酒精跑光了，剩下的尽水啦。"

"没关系！"老吕不在意地接过盛酒的茶杯，笑得有些天真地打趣道，"不管这些，只要是酒就喝。感情有，什么都是酒嘛！"说着"咕咚"饮下一口，随即畅快地吁出口长气。

老吕一口酒一口茶，语多言碎了。他从国内时的"辉煌历程"一直数落到来美后的一桩桩艰辛苦难，说到动情之处挂着血丝的眼睛会泪光莹莹。"唉！人啊，就那么回事儿，好歹不都是个活。"老吕抿口酒，又猛吸了几口"万宝路"，然后夹烟的手撑着沉重的额头沉默了。

我同情地望着头发日已稀疏的他，努努嘴不知该说什么。我注意到他并没有将吸进的浓烈烟雾从口鼻释放出来，而是同酒一道吸进肚里。他终于自食苦果了，剧烈的咳嗽使脸庞憋得通红，好一阵子喘不过气来。我起身递过一杯清水，他大口喝下，急促地喘息后稍稍平缓下来。"唉——，人在哪儿都一样，只是为了一口气活着，多会儿断了，也就解脱了……"老吕端起盛酒的茶杯，未等我醒过神来儿劝阻又灌下一口，道，"其实，我的遭遇算不得什么，比起许多人幸运多了。"说着，老吕用他那沙哑的略带厚重的嗓音讲起了故事——

一对姐弟从中国南海某地登船偷渡美国。两个多月的海上行程，二人经受了常人难以想象的磨难。他俩同几十个偷渡者就像当年被贩运的黑奴一样，被关进阴暗潮湿的底舱，每天只有早晨"放风"时方能见一眼太阳。"蛇头"是个十足的酒徒、色鬼，他向每个人收取几万美元的"偷渡费"，但船一驶入公海即将当初曾经许诺过的统统抛进了大海，一日供食一次给水一杯，直饿得人头晕眼花、体弱气虚。而他却整日拎着酒瓶子，打着饱嗝儿剔着牙缝儿，睁着一对色迷迷的眼珠儿滴溜溜地围着女人转。他丝毫不掩饰自己的淫荡本性，竟然当众撂出话来："狗X的！只要登上这条船就得听大爷的。我船老大一辈子只爱他妈的酒色，吃的喝的他妈的有的是；只要哪个母的想混饱肚子，就他妈的找我来！"船在风浪中颠簸，人在生死间飘摇。十几日过去，真有一些女人饥渴难耐熬不住了，先是假借"方便"钻出船舱，后来干脆顾不得遮羞渐渐地明来明去，讨得个胃饱肚圆，以待活着登上望眼欲穿的美利坚。然而，混账的"蛇头"却不甘心放过任何一个猎物，尤其是那位不言饥渴、终日守着弟弟的姐姐更让他垂涎欲滴。有几次，他那双肮脏的魔掌也曾伸向这支鲜嫩的花朵，但都被她逼近咽喉的尖刃吓退……近两个月过去了，锈迹斑驳的船仍在无边无际的太平洋上漂泊着，姐弟俩同所有的偷渡者一样硬撑着虚弱的肌体忍耐着。他们虽然已对自己的愚蠢举动后悔不已，但茫茫苦海又何能回头是岸；摆在他们眼前的只有全力以脆弱的性命与无情的汪洋拼挣，期待着能活着登上那不再漂移的大陆。然而，就在这时弟弟病倒了，高烧不退，咳嗽不止，昏迷中还下意识地紧扯着姐姐的衣襟不住喃喃："姐姐，救救我！救救我！"姐姐呜咽着抱着弟弟滚烫的虚体，心像火一样在烧灼。她不能眼睁睁地看着弟弟死在自己的怀里啊！她要救他，哪怕不惜自己的性命！于是，在漆黑的夜晚她噙着泪水第一次走出了底舱……几天之后，弟弟的病好了，而姐姐却变了个人似的，过去那柔顺的秀发像草秸一样无序杂乱地蓬松散披，曾是清若秋水的眼睛蒙上灰暗的雾霭，整日不言不语，呆呆坐在底舱的角落里……两个多月的海上行程，疲惫不堪的渡船渐渐接近美国大陆，但为了躲避海上巡警的稽查堵截，他们躲躲藏藏，忽儿驶入内海忽儿逃往公海，在漫长的海岸线上"打游击"。一日，太平洋上忽然狂风大作，滔天巨浪掀翻了渡船，将几十条生命无情地卷入汪洋。姐姐不会游泳，弟弟拼命抓住一块船板塞给挣扎于水中的姐姐。虽然她明知弟弟水性很好，但仍不肯独自占有，硬让弟弟与自己共同搭浮这托举着生还希望的漂浮物。岂料，残损的船板无力承载两个人的负荷，随着压顶的狂涛巨浪不停地下坠。姐姐见势不妙，拼足全身最后的气力猛地把船板推给弟弟……弟弟撕心裂肺地呼喊，眼巴巴地看着姐姐淹没于水中……

吕明东动容地讲述着，他的眼里噙满了泪水："唉！我一讲起这事就忍不住想哭。"

"这位弟弟后来怎么样？"我眼角挂泪，急迫地追问。

老吕狠狠吸着"万宝路"，叹气道："他活着来到了美国，但每天像贼一样东躲西藏地在餐馆里打工。因为他是'黑户'，是没有身份的人啊！他曾对我说过，'我永远也忘不了姐姐。我的这条命是姐姐给的，无论活得再艰难也要咬牙挺下去。我要对得起姐姐啊！'唉——有时候想想，自己吃的这点苦真算不上什么。比起他和其他许多人的遭遇，我已经够幸运啦。"他仰脖哑尽茶杯里的酒，继续道，"你肯定听说过这句话，来美国的华人'人人都有一本血泪史'。你随便问起哪一个，他都会讲出自己奋斗中的悲惨故事。在美国活得很累，人人都好像被一双无形的手控制着，生不能死不得，天天都得拼命做工挣钱。而但凡成就一番事业的华人，又无一不是这样一步步苦熬奋斗出来的。我认识一对广东来的年轻夫妇，过去都是做外事工作的，英语讲得非常流利。可来到美国后，他们才发现自己什么都不会，近乎白痴。因为，曾经使他们引以为豪的英语特长，到了这儿仅仅等于会说话，而且远不比别人说得好，甚至是'小儿科'。于是，他们给曾经去过中国观光的美国'朋友'打电话求援。这些老美当时都盛情地许诺过，如果他们夫妇来美后可随时取得联系，若有难处一定帮忙。可是，他们打了许多电话，对方没有一个肯出手相助，或回答忙得腾不出身来或干脆推说本人不在。夫妇俩彻底失望了，为了不被饿死只得流浪一般走街串巷找临时工作。丈夫最先在一家餐馆找到了工作，给人家刷盘子洗碗。谁知他尽碰上倒霉事儿，托起餐具没走几步就滑了个跟头，30多个酒杯、盘子摔了个粉碎。老板闻声而至，当下就说，有辆汽车正要去他住的那个街区，请他同车而往。很明白，这意思就是解雇。结果，他在这家餐馆只干了两个小时就被打发了，连顿饭也没混上。一直在门外等候的妻子随丈夫上了汽车，可刚驶出不远就被司机劝阻下来。原来，这是老板在客人面前有意表现的善良姿态，教司机演演戏而已。此时的夫妇俩身无分文，只好步行沿着公路往十几里外的住地走，走着走着，疲惫的妻子突然停住脚不再走了。她一屁股坐到路边，望着天空号啕大哭。她说：'如果谁能给我张回国机票，我立即就离开这该死的地方！'丈夫的心碎了，他'咚'地双膝跪地，紧紧搂住妻子放声号哭起来……唉！真难啊……不过，他们没有回头，玩命地苦熬硬扛，最终还是挺过来了。后来，两人都上了大学，毕业后混得不错，男的在香港一家美国公司当代理商，女的在金融机构做财会……"

吕明东的讲述都多少带有悲壮意味，而且极富情感。也许这与他眼前所处的境况和心态较为吻合，所以体会得也比较深切。然而，此时我又何尝不是处于这样的关口，内心的摇震绝不亚于太平洋上掀翻的渡船，与此同时还隐隐有些自惭。

"哎哟，太晚了！"老吕看了眼时针将近22时的手表，神色有些惶恐不安。他解释说，乘地铁回布碌仑的家要一个多小时，而纽约的地铁是世界上最恐怖的，常有凶杀抢劫发生，尤其是深夜极不安全。这时，他忽然又想起什么，赶忙从兜里掏出张印着密密麻麻彩色线条的图纸铺展到桌上："这是纽约地铁图，是倩丽特意要我带给你的。对于我们这类穷光蛋来说，乘地铁是最合算的，而且方便快捷，绝不会发生堵车。这也是一个人真正进入美国社会，了解美国社会的最直接的途径。"

望着图纸上大大小小爬满的英文，我为难地摇摇头："可我不认识英文，怕是连站名也搞不清。"

"没关系。"老吕摆手笑道，"我和你一样，也不懂英文。我教你个取巧的方法，你要去哪儿只记住站名的头尾两个字母，保你错不了。嘿嘿，这是本人两年实践得出的真知灼见，灵着呢!"

吕明东要走了。道别时我不住感谢。他淡然笑着，拍拍我的肩："不必这样客气，在家靠父母出门靠朋友嘛!"接着又郑重道，"小兄弟，你的条件这么好，千万要珍惜，一定想尽一切办法把自己的事情做起来。这是倩丽也是我这位老兄想对你说的。我今天之所以讲了那么多，就是这个目的。嗯——以后你要有事或想找人聊聊天就打电话给我。"说着，吕明东从上衣口兜里掏出张名片来。我接过一看，不觉纳闷地愣住神儿——上面用中英文印着美国××贸易公司的地址、电话，中间的人名为麦克斯。老吕神秘地挤了下眼，解释道："这是我随便捡了个美国名字，公司是与一个老美偷偷合办的。我这么干，也是被逼无奈。改变身份一时半会儿没指望，可我不能等死，想法儿钻空子也得弄几个钱儿呀!"

……

屋里又寂静下来，与我为伴的唯有那或长或短的影子。

我又失眠了……

农场里的父子"交易"

在美国日子过得飞快，似乎一觉醒来就是一个星期。此言确是久居者的一种普遍心理感受。其实，时光如流水还是像冰川，个中道理甚为简单——只要有事可做，日历卡便会生出翅膀来。

假日的纽约懒散了。今天，我要出纽约城，与人约好了去美国农村的一个菜园子考察。因为，受国内一位农科所负责人的托付，帮他在美寻找租地和种植蔬菜的商机。作为美华传播有限公司出资人之一的曾慧，能量很大，没几天就找到了愿意合作的农场主。

上午10点半，来自台湾、久居纽约的美籍华人曾慧的车子停在了楼前。车门打开，两张陌生男子的面孔出现了。与我等肩同坐后排的青年男子套着黑色T恤，略显娃娃气的脸颊和暄若面包的胳膊晒出棕红的"健康色"，一头精心梳理的浓密长发亮晃晃地朝后背去，篦至后脑勺还扎出束齐整整的鬏儿，车子一晃它就摆（后经问询，方知他这副扮相是从表现黑社会的影视剧中学来的，它可使大学里的异族同学误以为他乃"功夫"高手而免遭欺辱）；同曾慧并排前座的驾车男子貌似刚届中年，肤色白嫩，文质彬彬，齐短的头发不见一根白丝，匀称的身量透发出成年男人特有的气质。

我进了车，与两位同性互致微笑。不等曾慧介绍，前排男子将手伸过来："你好！我姓王，是曾慧的husband（丈夫）。"

"哩号（你好）！"并肩于左侧的小辫男子伸出手，"喔死（我是）儿子！"

曾慧冲我点点头，对他们的话以示认同，接着又作了简要说明。丈夫祖籍广东，现在一家星级酒店做工；儿子19岁，正在纽约大学攻读法律。

　　远离了喧嚣的城市，汽车轻快地奔驰于一眼望不到尽头的高速公路上。和风吹进窗子，一波波掀起每个人的头发，就像绒毯般的原野里不停翻滚的绿浪，让人觉着怡然舒畅。美国的田园风光是那般的透亮，空气明净如水，觉不出有一丝尘染，明媚的阳光坦荡荡亲吻着多情的土地，湛蓝的天空温情地抚慰着斑斓的旷野。她的纯净、自然、鲜活，催人动容。这是幅唯有天造的画卷！

　　钟先生的菜园被圈在曾慧手中的地图上，距纽约市约莫50公里。她同车上的所有人一样从未到过这里，于是绕行了两个多小时方探寻着停在掩映于绿树丛中的一幢白色的房子前。

　　主人显然在等待着这个时刻，听见汽车声即推门迎了出来："哎哟！你们可来了。请，请。"钟先生又瘦又矮，跳下台阶即淹没于我们之中。他一身短装，戴着顶小草帽（塑料制品），干枯的面颊裹着醒目的颧骨，黑而粗糙的皮肤印记着常年与紫外线抗争的艰辛。他没请我们进家，而是迈开肥大短裤间那两条骨瘦如柴的短腿将客人领到房后的草坪。

　　树荫下一张棕色的西式餐桌早已摆好，盛满清茶的陶杯正等候着来人端起享用。嗯——地道的西湖龙井，入口绵润甘甜。我品咂着，目光尽情地放大，收容那莽莽沃野纯纯粹粹的大自然色彩。此时气温虽然高达华氏86度（刚才汽车里的电子温度计显示），但洒满阳光的阵阵轻风仍能将宜人的清爽吹进恬静的心扉。

　　很显然，钟先生已把我当作了"主角"，一举一动均围绕着眼中的"大陆来客"。不一会儿，高出他半头的妻子也出现了。植物绿色浸染的手套和那身已经褪了色的工作服表明她刚从地里劳作回来。

　　这是对外貌差异很大而性情般配的夫妻，说起话来一样的舒缓，一样的温和，举手投足都流溢出"知识分子"的文化修养。他们是十几年前由台湾移民到这里的，二人均为科班毕业的农艺师。也许正是这个缘故，籍贯台湾的他与祖籍浙江的她才有了这段姻缘，也才有了离乡不离土的夫唱妇随。他们的菜园共60亩，由互不相连的三块地组成，日常管理仅靠夫妇俩和一名长期雇佣工完成，只有到了种植或收割、采摘季节方根据实际工作强度临时雇些人手。钟先生说，种菜虽然辛苦，但收益蛮不错，如果善于经营这60亩地，一年毛收入可达50万美元。"不过……"与我打对而坐的钟先生呷口茶，状若矛尖的喉结弹了一下，"蔬菜的花色品种必须严格顺应买方市场，不仅营养成分要高，而且外观要漂亮，形状要匀称。美国人眼光很挑剔，看蔬菜比吃蔬菜更重要。我改良过的品种卖得就挺好，原因就是能吃能看。如果我们合作，我可提供这方面的种植技术。另一个关键就是销售渠道。纽约的蔬菜市场由几个公司控制，供货来源由他们确定，如果不通门道即使再漂亮的产品也得烂在地里。我已经营了十几年，信誉很好，将来会把这条渠道介绍给你们。"照情形看，钟先生的合作意愿是迫切的也是真诚的。

面对钟先生那张渴望雨露滋润的脸，我实在无法允诺什么，只得似是而非地一味点头支应。唉，我原本就是一个"托儿"嘛！

"去菜园看看吧。"曾慧"救驾"了，"实地考察一下，张先生才好写报告给上司。"

时下，正值苦瓜、丝瓜、毛瓜、茄子的采摘季节，悬挂于藤蔓之上的累累果实给辛苦耕耘的主人带来了丰收的喜悦，也为平素幽寂安闲的田野增添了几分喧闹。我们尾随钟先生的足迹走进菜园的最大一块领地（40亩），爬满绿秧的一排排藤架深处传来阵阵笑声和时有时无的沙哑歌声。突然，钟先生向前疾跑而去，扯起嗓门冲着声音来处大吼几声。顿时，密密麻麻的瓜蔓丛中一阵骚乱，随即便是哑然无声的寂静。

我们怔住了，个个不解地望着那副微微发颤的干骨架子。钟先生倾身侧耳听听，判定没有什么杂乱动静之后方怒气未消地转过脸。他走近我们，仍有些不放心地不时回望身后，道："这些墨西哥人，一点都不让人省心。你稍看管不严，他们就胡乱折腾开了。唉！"

"是偷菜的贼？"曾慧关切地问，目光也随着钟先生的视线警惕地望去。"你可以通知警方嘛！"她顺口道。

钟先生苦楚地摇摇头："这与警方没关系。他们都是我花钱雇来的短工，帮着下菜装箱的。他们实在让我头疼！每人每小时五块五的工钱，按理讲不算少了，可他们还是不好好干，我有一会儿不盯着，不是偷懒就是在菜园里又唱又跳地瞎折腾。唉！要不是怕菜烂在地里，我真舍不得花钱雇这些懒虫！"他很气愤但也很无奈，只有努力以最大的肺活量去扩张干瘦的胸脯。

王先生和梳着小辫的儿子无忧无虑地头前去了，我和曾慧陪着滔滔不绝的钟先生缓步在后。他不时停下来，指向垂下的或青或紫的果实给我们看，口中不住地以"漂亮"来赞颂它们；而且每数到一样，都极在行地道出品种优劣，报出销售价格。比如，毛瓜每磅7—8角，茄子每磅6—7角，行情好时可升至8—9角等等。

我们边谈边走着，突然曾慧的儿子从瓜蔓中闪了出来，手里举着个小腿粗细的毛瓜兴奋不已地大呼小叫："妈咪，喔（我）中菜（彩）喽耶！"

"我的妈呀！"钟先生见状急拍大腿，一把夺过毛瓜责问，"你怎么可以把这瓜摘下来呢？那是我留的种儿啊！"

曾慧的儿子被吓坏了，支支吾吾道："不……不死喔（是我），是喔（我）从底（地）下捡的。"他闪着泪光的眼望着妈咪。

曾慧将目光移向钟先生，口吻郑重道："钟先生，我的儿子是诚实的！"

钟先生垂下头，捧着那颗毛瓜神情颓丧地说："准是这些墨西哥人干的，已不止一次了。"

"可以找他们赔偿！"曾慧建议道。

钟先生苦苦一笑："没用！这些人很不守规矩，常把留种儿的老瓜或是还未成熟的幼瓜摘掉，然后悄悄藏在瓜架上，要不就扔到其他地里，等你发现了，问谁都不说是自己干的，搞得人脑仁都疼。"他长吁口气，稍稍稳定一下情绪，望着我说，"如果将来你们经营，我建议从大陆雇请七八个菜农，这样既放心又省钱，打清全部费用至少也要比在美国雇人节省一半。这一点请务必转告您的上司，这也是我的真心告诫。在美国人眼里除了上帝就是金钱，不光亲兄弟明算账，即使是亲生父母也得明算账。"说着，他毫不避讳地以自己的现身说法作为例证——钟先生夫妇膝下有一子，原本希望供养他大学毕业后能继承菜园的基业，但他却自行主张去一家银行当了雇员，原因是那里收入高，月薪3000美元。夫妇俩曾多次苦口婆心地动员儿子回来"帮忙"，可他说什么也不肯。无奈，老父老母只得照旧东奔西跑地支撑菜园的摊子。最近，菜园的基业发展了，他们在佛罗里达州又租到100多亩菜地，计划扩大生产，占领当地市场。然而，犯难的事情随之而来了，这么大的家业亟待有人来管理。于是，夫妇俩再一次找到儿子，请其担此重任。起初，儿子说什么也不答应，后来见父母老泪流淌，这才软下心来，但是他有个条件：薪水不能低，否则不干！经过一番协商，他们最终达成一致，并在双方律师的监督下在具有法律效力的协议书上正式履行了签字手续。协议书的主要内容是，钟先生作为菜园的法人代表每月必须支付其儿子4000美元薪金，个人所得税由雇佣方另行代付，并且全部承担儿子的食宿支出。"儿子已经答应，一周后他就回来了。"钟先生释然道，眸子里充满憧憬。

历时近三小时的"考察"结束了，我们告别了钟先生夫妇，驱车驶向纽约。天上下起了小雨，淋淋漓漓的水珠轻轻敲打着车窗。曾慧和儿子相互依偎在后座睡着了，我与王先生坐于前排默默无语地注视着前方。

浮于车窗上的水幔层层叠叠向下滑落，两只摆动的雨刷机械地在流体间画出扇面。我有些倦意的眼珠像钟摆的追踪着雨刷的轨迹，心里检点着钟先生的菜园里那些将作为"合作"硬件设施抵价的棚架、机械、农具以及瓜菜品种和投入与产出的比价细目。然而，我每每梳理至一半总是乱了排序，于是只得又推倒重来；可是数着数着还是要错，脑子里总也赶不去钟先生那干枯的影子。唉！看来我不是个从商的料儿，从骨子里就是个记者坯！不过，我真心期望能为钟先生好好写份给"上司"的报告。

人生赌场

　　刚用罢早餐，电话铃响了，听筒里先是隐约传来火车的汽笛，紧接着便扬起令人欣喜的声音。黄晨要来了！他现在正在位于曼哈顿的纽约火车站打电话，说是刚经受了15个小时的旅途熬煎，乘坐由加拿大开来的国际列车到达这里。

　　有朋自远方来，不亦乐乎！放下电话，我便开始了与表针较量耐性的等待。黄兄比我长几岁，是北京新华社总部的实力派记者。他的英文很棒，当年是清华大学外语系毕业的高才生。我与他的相识自然缘由"业务"往来，虽年头不长，但颇为"投缘"。半年前，他以"访问学者"的身份应邀前往美国临邦加拿大，专题考察研究"信息高速公路"的发展与应用。在我即将赴美前与他的一次电话交谈中，我们"盟誓"美国相见！

　　两个多小时之后，早已耐不住表针折磨的我终于与黄晨兄弟般地相拥在一起。久别重逢，喜不自禁。我们彼此端详片刻，几乎同时出拳杵向对方左肩，异口同声道："你没变嘛！"屋里激荡起开怀笑浪。

　　"你从曼哈顿怎么过来的，要用这么长时间？"我帮黄晨卸下行囊，望着那张布满风尘倦意的瘦长脸问。

　　他摘下国内时即架在鼻梁上的那只落伍的深度眼镜，习惯性地哈哈气，拽起衣角擦着镜片说："甭提啦，打的呗！开车的老美愣说不熟悉这一带，拉着来回兜了好几圈儿，下车一看计价器，妈的，28美元！"

　　"哈哈……"我忍俊不禁，"你准是让那小子当傻帽儿宰啦！"

"为什么?"他不解地皱起眉头。

我俨然一位"老纽约"模样道:"在纽约,别说是咱们这号穷光蛋啦,就是许多腰缠万贯的主儿出门都是坐地铁。1.25美元,可四通八达。"

"他妈的,那老美整个把我骗了!"黄晨大呼上当。美元让他心疼!

实在太疲劳了,他胡乱扒拉了两口饭,栽头便鼾声大作,待一觉醒来,已是临近傍晚。

"明天想去哪玩?"我尽地主之谊。

黄晨没有马上回答,要过当日的报纸专捡广告版览阅。显然,他已非常通晓国外的"便捷之途",占去报纸一半的广告版五花八门,无奇不有,相形之下真正缺乏的是读者的想象力。

"就去这儿!"黄晨将报纸摊在茶几上,像位作战将军似的一指头戳向"中缝"。

大西洋赌城!

好一程撩人之旅!这也正是我所向往之处。记得一年前访美时,在主人的安排下我们一行十几人从洛杉矶专程前往拉斯维加斯。这是个在茫茫荒漠之中建造起来的繁华都城,造型奇异的建筑如同巨型玩具密密丛丛,惹人眼花缭乱,如入迷宫幻境。这就是号称世界之最的拉斯维加斯赌城。那是无法让人入睡的短暂逗留,我同中青报的一位哥们儿足足30个小时没合眼,被死死粘在了"吃肉不吐骨头"的老虎机(777机)上,直到将囊中并不丰厚的美金统统喂进总也填不饱的"虎嘴"方才作罢。这倒并非"嗜赌如命",只是那种淋漓酣畅的"玩法"令人领略到了从未有过的奇妙快感。

晨光映照着法拉盛,微风轻轻掀动一簇簇洒满金辉的树叶。然而,我们找到的是片风吹不动的叶子——金叶蛋糕店。经过一夜休整,黄晨彻底恢复了"元气",嗓音有了共鸣,面颜有了光泽,就连套着圈儿的眼镜片儿也透亮了许多。他见"金叶"门口停着的"大灰狗"(大型豪华旅游客车），招呼我一声便疾跑两步率先登上去。一位40多岁的华人男子笑眯眯拦挡着车厢的通道，我立刻领悟了他的"身份"，将昨天晚上在"金叶"二楼购买的车票递了过去。要单论这一程的票价并不便宜，每位18美元（曼哈顿的许多华人旅行社为10美元）。但前往赌城旅游有一项特殊"规定"，即到达目的地后乘客可在指定赌场凭票取回同等数额的赌资，玩与不玩自便（其实没有人肯坐失"良机"）。因此，车票价格的多少对购票者并无丝毫得失影响，反正到时得如数奉还，这等同于乘着豪华大客车免费往返，从心理的感觉上绝对平衡。

这是纯粹的同族同胞旅行，满车40多位乘客统统为黄肤黑发的华人，唯独司机是位褐发碧眼的白种汉子。"大灰狗"绕出市区，直奔新泽西方向。那位年过40的华人男子开始了与其"导游"职能相符的工作。他口齿不停地一直叨叨着，忽而严肃，忽而诙谐，但话题始终围绕着前往的目的地大西洋赌城。他在语言的运用上颇具"移民色彩"及职业特性，流利的普通话中间夹杂着半生不熟的英语、粤语，听起来不觉多了几分喜剧味道。

这是位来自中国大陆北方的移民。我从其纯正的母语里判定。

司机有些坐立不安地扭起屁股，手中的方向盘飘忽起来。导游敏感地扭过头来，视线与央求的蓝色目光交汇。他会意地点点头，继而转向乘客打趣道："老外内急，要尿裤子了。请各位原谅他的没出息。"车厢里一阵哄笑……

"大灰狗"找到高速公路旁的一处"生活区"停下，司机跳下车即屁股着火似的朝一幢餐馆模样的建筑跑去，身后还尾随了一串"没出息"的男女。我和黄晨借机下车，记者的"职业本能"驱使腿脚走向坐在路边草坪上的导游。

他接过递来的"中华"香烟横于鼻孔嗅嗅，然后轻轻夹在两指之间点燃，眯缝着眼深深吸入一口又缓缓吐出："好久没抽到咱中国烟了。香！香！"他很健谈，浓淡不匀的烟缕裹着快节律的言语冒出两片薄嘴皮。此君声称祖籍浙江，但打小随父母在京城长大，1970年代末遇一偶然机会只身来到美国，混了十几年仍挣扎在"贫困线"以下，以致今日也未敢讨娶老婆成家筑巢。

我纳闷："难道作了十几年导游？"

他摇摇头："NO！要想在美国活下去的人哪能在一棵树上吊死，遇到什么做什么，只要能挣钱糊口，哪怕是扫厕所、掏大粪也要争抢着。我干过的行当怕是连自己也难数得清。"

"你没想着开家自己的公司？1980年代初的机会可不少呀。"黄晨问。

"开过。"他苦笑道，"大陆刚开放那阵子生意还好做，我开了家公司专营服装，通过从国内发成衣到美国来，的确曾赚了一大笔钱。可后来不行了，国内的各种机构呼啦啦在美国建立了许多公司，什么赚钱做什么，于是一个时期都争相把成衣运到美国，一下子使得市场爆满，相互的竞争也日趋激烈。开始，大家让利顾客，后来你争我夺压级压价，甚至不惜血本大甩卖。这样价格一落再落，搅得谁也无法再做下去。"他呷嘴狠吸了口烟，垂头叹息道，"我是个人经营，势单力薄，哪有实力抗得过公家的公司。因此，最终失败最惨重的必然是我们这类人。"说着，他神情感伤地讲起了那富有悲壮色彩的"最后一幕"——他用最后的积蓄购置的几个集装箱的成衣终于运抵纽约港，提货时惊惧地发现同船运来的竟然全是成衣，这时他才恍然醒悟与其他公司"撞车"了。于是，第二天的纽约便展开了华人之间"疯狂"销售成衣的激烈商战，而且相互攀比着大幅度落价。他把货压在仓库里，咬牙挺着，希冀这股"风潮"快些平息。然而，半个月过去了，势头非但未见减缓，相反愈演愈烈，以至"裂变"成了不惜低于成本价的大甩卖。仓主一次次上门催租，沉仓的货一天天贬值，他再也无力挺得住了，只得赶紧开仓兜售甩卖，结果十几美金一件的成衣压价到了五块，落得血本无归。

"唉！中国人啊，内战英雄！"他被烟猛呛了几口，两只混浊的眼睛辣出泪水，"公家的公司赔本不要紧，只要打个报告就把账平了。可我是私人经营的小本生意，赔了都得自己扛着，意志不坚强真能跳江。做事还是得有靠山啊！"

三个多小时的高速行驶，"大灰狗"开进了海风徐徐的大西洋赌城。如同拉斯维加斯一般富丽堂皇的建筑群落，在海水映照下竞相展示着多姿的风采，搞得游人目不暇接，头晕目眩。与其说这里是赌城，倒不如说是荟萃当代建筑经典的博览城。我们跟随导游走进沿滩而建的一家赌场，顿时被777机此起彼伏的吐钱声团团围拢。这叮叮当当的悦耳音波，使我禁不住又想起了那个撩人心动的拉斯维加斯之夜……

"哥们儿，该你换筹码了。"排在身后的黄晨捅着我的腰提醒道。我愣了下神儿，赶紧把蓝色的车票伸进铁栅栏包裹着的小窗口。玻璃里的兑换员脸上挂着机械的笑容，通过对讲器呜哩哇拉着。"快，问你换多大的筹码。"黄晨附耳翻译，我侧过脸用手背挡着嘴："告诉他，全部换成一美元的筹码。"黄兄不禁吃惊，可嘴皮子还是下意识地译出英文。我清楚如此兑换的"异常"性，赌场筹码分置一般为四档：5美分、25美分、50美分、1美元。而作为游客来此观光者往往换取较小的筹码以消遣最长的时间。像我这样一来就换最高"档"的确属反常之举，大有"赌徒"之嫌。其实，黄兄哪里知晓，如此举动实乃我积蓄了一年的"夙愿"。在拉斯维加斯时，我始终玩的是小筹码，虽然赔多赢少，但叮叮当当吃进吐出倒也惬意。后来不行了，尤其见周围玩一元筹码的"老外"的"命中率"极高，"白花花的银子"伴着喜悦的"欢呼"不断线地往出吐，自己的心气儿也随之浮荡，遗憾的只是当时已囊中无"钞"。临离开拉斯维加斯时，我曾"耿耿于怀"地对同伴发誓：若下次再来美国，一定过把一美元筹码瘾！然而，说此话时我并不曾想到一年后真的又会来到美国。

事实再次无情地证明，我这个人在赌场里的运气很差，18枚"袁大头"一般模样的筹码顷刻之间便化为乌有，甚至可怜到连听一次吐钱的响声的机会都没有。黄晨晃晃装着25美分筹码的盒子，幸灾乐祸地笑笑："冤大头！"我不服气，掏出兜里仅装的10美元（去赌城要以定额携款的方式约束自己），又把人拉回到才刚离开的那个小窗口……

我左掌托着兑换回的10枚筹码，重新换了台机器，心情急切地一枚一枚喂进投币孔，接着像铁路扳道工似的一次一次搬下拉杆。数字盘在飞速转动，我的眼珠随之上下滚落，眼皮不敢眨巴一下，唯恐一不留神儿漏过了吉祥数码。其实，我心里明白，即使是眼珠子瞪破了也不管用，机器的设计者早将其中彩概率数以万次的精密测算过并作了"最为合理"的吝啬设定。然而明知如此，眼珠子还是难以克制地放射着"贪婪"之光死盯着。希望随着数字盘的一次次停转破灭，又随着拉杆的再次搬下重新燃起。人与机器的"对话"实在是件徒劳的事情，它越是不吐，我越是性急，可又着实动气不得，嘴里虽骂着我可还得耐着性子往里喂。手里的筹码眨眼之间即削去一大截，待有所意识时掌中只剩最后三枚。既然玩到这步"田地"，已无"后手"可留，干脆痛痛快快玩个大的，撞着了狠捞一把，撞不着只怪运气不好。我把三枚筹码一次性全塞进投币孔里（这是一美元筹码赌法的最大赌注。如果中彩它将以巨额的倍数吐出），咬牙闭眼使劲搬下拉杆。数字盘炫目地飞转几秒之后终于停住了，侧耳听听，没有金属撞击的声响，无须睁眼喽，结果已成定局："全军覆灭！"

"他妈的！"我把满腔的愤怒以拳击的"对话"方式朝777机发泄而去……前后不到10分钟，期待了一年的"赌瘾"便过完了。我自嘲地笑笑："哥们儿，我现在身无分文，是彻底的无产阶级了。今天能否有口饭吃，全看你老兄的了。"

黄晨步我的后尘上机了，运气照旧欠佳，18元的筹码亦统统喂进了外观装饰俏丽的不知人间冷热的"家伙"的肚子里。所不同的只是他比我在777机上多磨了些时间。

一望无际的海面风平浪静，雪白的海鸥舒展着翅膀精灵一般点缀着湛蓝的天空与海水。我们两个赌输了的穷哥们儿漫步于大西洋赌城的海滨大道，观光着这座充满诱惑的奇异都城……太阳渐渐压矮人的影子，越来越多的游客出现在道边的露天快餐店。黄晨摸出仅有的10美元，与我郑重地商量："是吃，还是再拼一把?""拼!"我明晓这样的回答亦符合黄兄的性格。于是，我俩走进了大西洋赌城最大的赌场——特朗普泰姬陵赌场，信誓旦旦地做最后的一搏。这回，时来运转了，黄兄一上手即响起了悦耳动听的"叮当"声，不出一小时25美分的硬币就沉甸甸地装了大半盒。我们见好就收，抱起盒子奔向兑换台。电子点币机"哗啦啦"飞速转动，"咔嗒"一声，显示屏上闪出数字：81.25。黄兄兴奋地挥臂与我击掌："OK! 吃饭去!"

……

"大灰狗"疲惫地在夜幕里行驶，车厢里轻微的鼾声取代了来时的喧哗。只有我和黄兄还在悄声絮语，为最后一拼的英明抉择得意不已。黄兄更是找回了内心的莫大满足，因为他赢回了昨天被出租车司机宰了去的那28美元。不过，得意之余我们不约提出同一个问句：万一是输掉了呢? 结局明摆着，不光要饿肚子，还挺丢人的，下车时连司机的小费也付不起（每人一元）。不知怎么的，这区区10美元在赌场输赢的演化，总使我不由地联想到把门坐着打盹的那位导游的命运。

几天之后，《世界日报》刊出的一则消息震惊了我和黄晨。美联社发自大西洋赌城的报道说，一位名叫法壮克·奥利维托的纽约外科医生，因烟瘾发作，无法在百利赌场一张禁烟二十一点牌桌上再耗下去，而"转移到一架彩金累积的一元一次吃角子老虎机器，最后中了850万元的特奖。"这也是自1990年大西洋城各赌场推出"百万大奖"以来付出的最大一笔奖金。报道这样记述当时的情景："这位整形外科医生带了100枚一元代币去玩那架'百万大奖'机器。在他中了那个850万特奖前，他已经投下大约80元并赢回大约35元……"

"这美国佬真幸运!"黄晨埋在报纸里说，"早知如此，咱们也和他一样晚去三天，说不定也能撞上大运！"

"就凭咱俩那点资金，即使等到了机会也得眼睁睁看着溜掉。"我摇摇头。

黄兄不解："为什么？煮熟的鸭子还能让飞了！"

"可不。"我点燃一支烟，思索着说，"赌场教我悟到一个真理，机会人人都有，就看你是否有实力候到那个时机。就拿这中彩的老美来说，比如当时他浑身上下的实力也和我们一样，只有10美元，或者再多点，有79美元，那么中大奖的机会还会是他的吗？唉，往往事情的成败也在此一'候'啊！"

黄晨的情绪被我的语气染得有些厚重了："是啊！人生也如赌场，有时的输赢并不在自己！"

烟雾云漫，沉寂无语，屋子里长久弥漫着思考的空气。

中国教父

这几天，纽约的唐人街很不太平，各种传言甚多，广播、电视、报纸等传媒也不失时机地报道发生在"华埠"的枪战血案，并援引"不愿透露姓名"的人士所分析的，这是"七叔"之死而引发的华人黑帮之间的火拼。英文传媒则更是抓住时机，不惜篇幅地刊播这位"中国城最有势力的人"的生平文字，而且直截了当地将当地华人尊称为"七叔"的伍佳兆冠以"中国教父"之名，竞相推测这位87岁老人的谢世可能会引起一场权力之争。

公司办公室，曾慧独自一人伏在桌案专注地读着当日的《世界日报》。见我进来，她脸色泛灰地拿起报纸，叹着长气说："七叔一死，怕是再没人能主得了唐人街上的事了。"

"有这么严重?"我顺手接过报纸。

"可不呗! 他可是唐人街最了不起的人物。"曾慧眉毛一挑，似乎对我不以为然的神情表示不满，抢话荏儿似的加快语速道出她所知道的"七叔"的"生平业绩"——伍佳兆，原籍广东台山，14岁来美，从纽约唐人街的一个街头少年，经过"多彩多姿"的奋斗历程，最终成为具有"举足轻重影响力"的美洲协胜公会等五个华人侨社的"永远总顾问"。曾慧瞪着眼睛说，"在唐人街上，无论任何人或帮派之间的文武争议，只要他说一句话即可解决。说得再明确些，美国人根本管不了唐人街上的事，他才是这儿的一家之长!"

好一个了得的老人! "国家机器"高度发达的美国，竟会存有如此的"神秘社会"及富有传奇色彩的"铁腕"人物，真令人吃惊！唐人街，你是座罩着怎样面纱的"城"？

记者的职业本能引发了我对伍佳兆的探究兴趣。我抖开报纸急切地"扫描"与之相关的文字。忽然，一则网着黑框的通栏讣告牢牢牵住我的视线，大号黑体字赫然嵌于框中——"先夫佳兆伍公府君广东省台山县下坪西边巷人氏，不幸于1994年8月6日在纽约下城医院病逝，积闰享寿90有余（不知死者家属是怎样计算岁数的，这么写也许是一种心中愿望吧），现遗体停厝华永生殡仪馆，谨定于8月17日下午3时开祭，18日中午12时公祭，19日中午12时举行出殡仪式毕随即出殡安葬于布碌仑柏山坟场福禄山自置寿地。忝属。侨社亲戚中友好世谊衷此讣……"

今儿正是17日！我指着"讣告"，口吻欣喜地问曾慧："华永生殡仪馆离这儿远吗？"

"不远，就在街心公园对面的茂比利街。"曾慧不解地皱住眉头，"你要干什么？"语气中，她显然对我表现出的态度不满。

"去看看，亲自感受一下七叔的影响力。"我多少收敛些情绪，声音深沉道。曾慧绷着脸，面无表情地白了一眼："去不去你自己决定。不过，我要提醒你，这是你要去的，出了事可得自己负责！"

我认真地点点头，心想，这是唐人街有史以来去世的最为"重要"的人物，可谓百年难遇。如果因为胆怯而放弃前往实地体察其"盛况"的经历，事后必定悔憾不已。谁又能担保，日后的唐人街还会出现这样的人物和场面？

天阴阴的，犹如罩着层灰色帷幔；雨淅淅沥沥，轻柔地漂洗着大街小巷网织的唐人街。通常喧嚣、热闹的市面安静了许多，一向以此地作为观光"胜景"的旅游团队不见了，穿梭往来的似乎只剩下了身居当地的华人和像我一类的"上班族"，而且他们极少驻足言语，个个行色匆匆地闷头赶路。我弄不清，这般"萧条"的景象是因为下雨，还是因为别的什么。

茂比利是"华埠"最南边的一条宽约五六来米的小街，再往南即为高大魁伟的纽约市政建筑，相形之下仿佛高矮胖瘦的两个身量极不相称的相声演员站在一起，冷眼静观又使人不由地想起国际事务中常用的代名词——"第一世界"与"第三世界"。我要找的华永生殡仪馆即位于茂比利街的西南角，挂着中文招牌的低矮小二楼恰与"第一世界"的"巨人"遥遥相对。殡仪馆的黑门紧闭着，两侧各站一位身着黑色西服的青年男子，他们两手背后，叉腿站立，罩着墨镜的眼睛左顾右盼地警觉四周。我走到马路对面的灯柱下，双手拱着火种点燃香烟，装出一副等人的样子在绵绵细雨中忽而驻足忽而踱步忽而"不经意"地朝对面瞟去几眼。

闪光灯从不同方位骤然打亮，紧跟着七八个举着照相机扛着摄相机的记者拥向那扇开启的黑门。几位上了年纪的华人步履沉重地走出来，低垂的花发遮住了面容和鹰眸一般的镜头。从考究的衣着和反射着光亮的头发可以看出，这些人都是具有相当身份和地位的大亨富豪。显然，他们见惯了这种场面，面对记者的"抢围逼"不惊不恼，只管快步埋头向前，遇有话筒伸来，极其老练地在行进中以手遮拦。记者围追出十几米，突然又掉转头小跑着去追才刚与之擦肩而过的三、四位系着黑领带的人。同样，这些肃穆的人也不理睬频频放电的闪光灯，不言不语，满面阴云地径直拐进"华永生"。就这样，记者一拨拨迎来又一拨拨送走，奔来跑去，循环往复。望着他们毫无怨言地在雨中疲于奔跑，肃然起敬的同时也真可怜这些同行。我出神地注视着街对面的一幕幕，心里禁不住泛起莫大的遗憾。如果眼下已与中广网的合作事宜谈成，如果联合开办的广播节目已经开播，如果有一个正当的记者身份，那么此时的我绝不会像个傻子呆立于雨中"袖手旁观"，我必定会以更加执着的敬业精神让这帮西方记者瞠目惊愕。让他们瞪大蓝眼珠子瞧瞧，中国记者是什么样的！

不觉中，时间已过去个把小时。我的关注引起了两位黑衣"看门人"的不安，四只熊猫眼一般模样的黑镜片高度集中地圈住了可疑目标，而且那两个强壮的肢体已经开始积蓄"能量"，大有随时扑将上来的意思。一股阴风"嗖"地蹿上脊梁，我慌忙收回视线，扭身缓缓踱了几步，待感觉确无异样后，迅速迈开双脚拐入街心公园……

这两天传媒的聚集点都投向了已故的伍佳兆，尤其华文报纸更是倍加关注"祭悼"，似乎不书"七叔"不成章。此间的有关报道，在早晨的餐桌上我均一字不差地细细详读，从中熟悉了许多全美各地前来"悲凄祭奠"的侨社头面人物的名字。有一条消息引起了我的格外注意——"在过去两天来，殡仪馆的斜对面新建高楼上，有人注意到似乎是有关单位全天候地在派专人用长镜头全程拍录进出殡仪馆致祭的人士。中华公所的一位职员说'反应过度'，一位参加公祭的人士愤愤不平地说，有什么好拍的，'我27年前申请枪照的时候，他们就已经存有我的指纹和照片'，'27年后我还规规矩矩地在做生意'。有些'协胜'人士对英文媒体一些负面煽情地报道伍佳兆去世的消息相当反感。一位人士说中国人讲入土为安，伍佳兆生前固然因案入过狱，树立不少敌人，也用铁腕解决或压制过许多争端，但在过去和主流社区相当隔离的华埠而言，他对社区所产生的安定的影响却是不争的事实。在过去华人备受歧视的时代里，华埠成为唯一可庇身的地方……"

读完这则消息，我不禁打了个冷战，真想不到在平静的街面竟潜藏着势态严峻却不觉痛痒的危机。我想，那些架于新建高楼之上的摄录设备，一定也将我这位"可疑人物"记录在"案"了。

霏霏细雨连绵不绝，直到19日清晨仍不见放晴。我来到华埠的茂比利街，实地观看定于正午12时的伍佳兆出殡的场面。

茂比利街不再冷清，整条街道站满了围观的男男女女，其情景就像中国农村的"赶大集"，不同的只是人丛之中掺和进许多金发碧眼的"老外"和衣着蓝色制服、荷枪实弹的美国警察。袭引次日报章的描述文字称："昨天上午10时，前往殡仪馆进行告别仪式的祭悼者络绎于途，于瞻仰遗容后，便在殡仪馆外等待启灵、出殡，向伍佳兆致最后的哀悼，出殡送葬的行列壮观绵长，在华埠引起相当震动，中西媒体聚集报道这位被称为一生传奇人物的丧葬之礼……"

中午12时许，华永生殡仪馆出出进进的人越来越多。随着一盘盘花圈、一条条挽联装满四辆敞篷的"林肯""卡迪拉克"，围观的人群跷脚探头地骚动起来。照情形看出殡仪式就要开始了。

12时40分，低缓、深沉的哀乐奏响，一扬一顿的节律震荡着"茂比利"。围拢在殡仪馆门前静候多时的"生前友好"自觉后退，闪出一条通道，个个神情凝重地垂首伫立。这时，金晃晃的西式棺木裹着香烛烟雾探出那扇洞开的黑门，在护棺者的肩托之下缓缓浮动于半空。10位一色黑装的护棺者分两侧排列，由于负重举肩使得挂着悲伤的脸不得不紧贴棺座。他们都是上了年纪的人，有华人也有高鼻梁的白人，而且身份非同一般，看样子均为伍佳兆生前最亲近的挚友亲朋。他们步调一致地踩着哀乐的节拍，一步一停地向十几米开外的灵车挪去。随后，紧跟着的是由四五十位亲属组成的送葬队伍，他们从头到脚穿得黑压压的，男女老幼都躬着背，用手帕或手背不停地擦抹早已红肿的眼睛，"呜呜"的哀凄哭声不时盖过管弦乐器演奏的哀乐。其中，最惹人注目的是跟在棺柩之后的伍佳兆之女伍婉玉，她约60年纪，头发花白，脸上罩着透明的黑纱，在两人竭力搀扶下哭得声嘶力竭，死去活来……

金色的棺木被平稳地放置进加长的黑色"林肯"灵车里，这时沿街的"黑衣人"手牵手拉开两道人墙，拦挡住街道两侧越来越多的围观者。出殡的车队启程了。一辆接着一辆的黑色"林肯""卡迪拉克"等豪华轿车缓慢地朝华埠的主要街道——坚尼路驶去。一辆、二辆……五十辆……一百辆……好一串浩浩荡荡的送葬车队！我听到身旁的几位华人老者议论说，场面如此之大、围观人数如此之多的"盛况"从未见过。

黑色长龙般的送葬车队缓缓在华埠移动，坚尼路、勿街、摆也街、包厘街、披露街……死去的"七叔"在人们的观望中最后一次走过生前经常行经的道路、地段。下午1时许，车队打着双闪开出华埠，载着永远沉默的伍佳兆奔向布碌仑柏山坟场……

　　第二天大早，我即买回还散发着墨香的华文报纸。翻开浏览，伍佳兆出殡的消息几乎占据了要闻版的大部篇幅，而且大号字的标题赫然醒目——《百车护灵·华埠途塞——侨社闻人伍佳兆之丧昨出殡——绕行华埠最后巡礼·花海漫山挽联铺地·一生传奇入土为安》《"七叔"走入历史·象征世代结束——排难解纷一句话算数·今后华埠将有新局面》……正如标题所注，这些大块报道的内容基本为两个方面内容，除了出殡场面的描写，即是对华埠未来的展望——

　　"站在华埠披露街头，望着载着伍佳兆遗体的灵车走过，纽约市警总局副局长密勒心中真是有无限的感触。在没当副总局长之前，密勒是四号电视台采访帮派犯罪新闻的资深记者，和伍佳兆有多次接触机会。他说这真正是一个时代的结束，华埠居民与政府间的关系将会有所改变，或许变得更为接近。密勒所说的是过去多少年来，在华埠的居民或团体遇有金钱债务纠纷或其他团体个人恩怨，总是靠'七叔'伍佳兆的一句话来解决，很少去向外求助于法庭律师或警察之类的渠道。他想起以前看着中枪的尸体从披露街楼里抬出来的日子，说，'不管你怎么看，伍佳兆也许是个社区领袖，也许是仲裁者，也许是中国城市长，他的确统治过中国城。'"

　　"……老一辈的人回忆他们那时代遇有文武争议，解决方式就是在社区内找有名望的人物出面解决，久而久之自然形成一种霸气局面……"

　　"……随着伍佳兆的逝去，有人担心往后华埠再也没有'一句话算数'的人物了，'该怎么办'？但较年轻一代的侨社人士认为整个侨社的内外环境都不同了，新一代的移民会有更开明的观念与作风，把华埠带入新的纪元。"

"……一般认为，时代进步亦有很大的改变，早年的作风并不一定适用于今日，新一代的领导人或有更符时代的做法。"

"……下午3时，伴随着送葬者所掷鲜花，缓缓盖下坟穴之盖，上面精心刻着伍佳兆的英文名姓与逝世年月。从此阴阳两隔，尘归尘，土归土，也象征一个多变时代的结束。"

是啊！尘归尘土归土，华埠依旧是华埠；好也罢坏也罢，过去的终归过去。

……

伍佳兆，你忽近忽远，我读不懂你。

唐人街，你扑朔迷离，我看不清你。

我嘴里念叨着，把感觉写在摊开的日记本上。

夜行马里兰

多日未有音讯的张倩丽出现了。她一大早打来电话，声音里扬动着曙光映照下的焕然心绪："Good Morning！（早上好）小老弟，下个星期一是劳工节，美国法定歇业。这样加上明天和后天（星期六、日）有三天休假，不知你有没有兴趣跟我去外州度假？"

这样的美事根本无须迟疑。我攥着话筒，声波抖动地立即回音："有，大大的有！只要不在这屋里待着，上哪儿都成！"我生怕她听不真切，嗓门提了老高。"OK！咱们说定了。今天下午5点我去接你。"张倩丽说完挂掉电话。

下午5时刚过，门铃终于响了。甭问，准是她来了。我迅捷打开房门，迎进了这位救人于"孤苦"的使者。她一身休闲装束，脚蹬白色旅游鞋，进屋便往沙发一坐，接过茶水咕咕喝尽，然后长长吁出口气："让你等急了。唉，公司业务太忙，我下了班就往家跑，换了身衣服气也不喘地往这儿赶。还好，路上没堵车，不然咱们可就遭罪了，稍一耽搁时间怕是这一夜都要跑在路上了。"

我又倒满一杯水递给她，关切地问："咱们去什么地方，要这么久？"

"马里兰，一个朋友家。"张倩丽说着站起身，温和地催促道："小老弟，快行动，把旅行包带上，咱们这就动身。路上我再对你详细说。"

随身外出的行囊早已静静等候在过道墙边，这是我一天之中唯一的"成果"。鼓鼓囊囊的包里装着洗漱用具、两套休闲短装、一套宽大舒适的睡衣，还有……总之，只要自己可能用到的一些零七碎八的私人物品都备齐了。这即是美国人的外出习惯，无论多么麻烦也要尽一切可能带足自己的随行用品，即使是前往亲朋好友家也是如此，凡属私人用品绝不可不分彼此地混杂使用。沉甸甸的旅行包勒上肩头，我欢实得像只飞出笼子的鸟儿。

红色跑车顺利驶出闹哄哄的城市，汇入高速公路上奔驰着的、周五傍晚所特有的庞大车队。这是条五彩缤纷的钢铁长河，绵延不断，奔腾出"城"，气势可谓波澜壮阔，蔚为大观。然而，如此浩浩奇观还是难以遮掩我眺望远方的目光，窗外的景色实在太美了！青山绿水相映，天际高远透澈，空气清新明净，一幕一景就像转动卷轴的、没有尽头的全景式画卷。绚丽多姿的大自然以其多情的情愫、纯真的品质坦诚尽现着无比动人的魅力！我和张倩丽情不自禁地赞叹着窗外掠过的景致，夕阳映红的脸颊泛起兴奋的光泽。"Beautiful!Beautiful!（太美了，太美了）"我嘴里不住重复刚学会的英语。

红色跑车高速驶入新泽西州路段，眼前层叠的山峦不见了，遥望两侧，楼宇林立的城市已在脚下，而且远远地仿佛压缩成了一方方高低错落的"积木"。真是奇妙，不知不觉中我们的汽车已飞驰在了带有一丝高原风光的山顶高速公路上。这时，又一幕更为奇妙的景象出现了，挂着丝缕薄云的湛蓝天空里魔术一般不停地变幻出飞机，一眼望去同时可见三四架。它们由近及远等距离一字排列，呼啸着朝公路右下方的机场俯冲而下；而且煞为有趣儿的是，当一架飞机降落之后，天幕的尽头立即便会再补充一架，如此循环不绝，犹若好事的孙悟空卯足了"猴劲儿"放生"天马"。我瞪着惊奇的眼珠，啧啧不休地感叹。张倩丽把着方向盘目视前方，道："这是新泽西的机场，很大也很繁忙，平均每14秒钟就有一架飞机降落。"

"这简直是空中高速公路嘛！Beautiful！（太美了）"我将脸贴近挡风玻璃，眼珠翻向天空，心里默数着验证她的结论。

"唉——"不知为什么，张倩丽重重地叹口气，脸色也随着沉郁了。

我扭脸瞧着她，不安地问："怎么了，有什么不开心的事？"

张倩丽摇摇头，苦苦一笑道："没什么，时过境迁人不同啊！看你刚才欢喜的样子，倒使我想起我刚来美国时的情形。那时我就怕见到飞机，每次飞机飞过头顶，我看着它就止不住想哭。这种感觉一直持续了两三年。"

"为什么？"我不解的眼神儿里映着问号。

"唉！"她又叹气，感触极深地说："想家啊！我的护照是一次往返的，只有熬够5年后拿到绿卡才有把握回国。可那时我太苦了，有时真恨不得一咬牙买张机票飞走。但我一直挺着，为了我姐姐忍了下来……"张倩丽不再往下说了，眼睛里似乎闪动着泪花。

我望着她飘甩的长发，不知该说些什么。

车厢里沉默着，只有降下玻璃的窗子兜着呜呜的风……

也许是远离了闹市，车队的密度渐渐稀疏，车距也随之拉大。张倩丽稍降低车速，左手把稳方向盘，右手极其熟练地拉开椅旁的那只随身小包，然后伸手进去摸出盒香烟："打开它，点一支给我。"

"你……"我下意识地接过烟盒，愣呆呆地问，"你会抽烟？"

"嗯，只是你不知道。"张倩丽右手回到方向盘上，目不斜视地盯着前方，"来美国的第二年开始抽的。当时我姐出了事，为了消愁解闷儿就抽开了，谁知烟瘾越来越大，到现在一天至少抽一盒。喂，你别愣着，快点呀。"她伸出两指作夹烟状，有些犯急地催促道。

我将燃着的香烟递进呈V型的两指间，她不紧不松地夹住烟嘴又顺势送置唇边，匀匀深吸两口再缓缓吐出，动作是那么的连贯、麻利、自然。

带有薄荷清香的烟雾流云一般浮游，或浓或淡罩着她的脸和轻轻飘动的发丝，其透视效果朦胧得恰似她若隐若现的心境。

夕阳不知何时已从地平线上消失，孱弱的余晖再也无力阻止由东向西拉合的天幕。远方的山峦失去了层次感，被铅似的暮色压得越来越矮；高速公路不见了通天的流线，取而代之的是闪闪烁烁的汽车尾灯连缀的红色星河。

烟头的火种一明一暗映衬出张倩丽消瘦的脸，她有很长时间没说一句话了，只是一口接一口地不住吸烟。我已记不清这是上车后点燃的第几支香烟，反正她吸一支我也陪一支。

"倩丽，你……"我吸了口烟，试探着问，"我觉得你心里挺苦，能不能给我讲讲？"

张倩丽紧紧嘴角没有回答，神情依旧地注视前方。沉默少许，她又要了一支烟，吸了几口之后才说："唉，其实当初我在国内生活得挺好，后来要不是离了婚，要不是我姐姐一再地催，我绝对不会来美国。"她侧目我一眼，脸上隐隐掠过一丝犹豫，但很快又坚定下来，长叹一口气，敞开了蓄闷已久的心扉——

张倩丽早先在北京化工系统的一家颇有实力的公司任职，丈夫是高中时的同学，婚后生有一子，后来她考取了大学，苦读4年获取本科文凭。这期间一家三口过得和和美美，其乐融融。1980年代末，与香港隔海相望的小渔村崛起现代化的大都市——深圳，人们的心为之撩动，由南到北、从东至西涌起了"南下潮"。作为业务骨干的张倩丽幸运地被公司选中，派往深圳"抢滩登陆"，开拓市场。谁知，一年之后待她拖着疲惫身心回到京城，丈夫已同另一女子"生米做成熟饭"。一气之下，她把结婚证变成了离婚证，带着5岁的儿子离开了这个家。她是个要强的女人，把孩子托给父母，辞去了公职，在北京租了几间临街的房子，"单打独斗"地撑起幌子开办了饭店。由于经营有方，不出数月生意便火爆起来，而且在方圆十里有了名声。就在这时，她接连收到远居美国的姐姐寄来的书信，催促心爱的小妹"不要任性"，尽早办理出国手续。她为难了，北京毕竟是生养之地，有日渐红火的事业，有难以割舍的情爱，但她又不忍伤害姐姐那颗切切思盼的心。从小到大，姐姐历来就是她的"避风港"。即便几年前姐姐留学去了美国，后又嫁给老美成了家，可始终未曾忘记过知冷知热地呵护、关怀小妹。美国的事儿再也不能无限期地拖下去了，是去是留好歹得有个结果。终于有一天，张倩丽迈开不再犹豫的脚步走向秀水街，把命运的决定权交给一向签证甚严的美国驻华大使馆。她心里明白，自己拿着的是一套极不完备的手续，除了自己的护照、公证件及姐姐的来信和其护照复印件外剩下的只有早已揉皱了的大信封，而这与美国人要求的若干证明和文件相差甚远。她知道结果会是怎样，若负责签证的美国人不是精神病必定一句"KILL（枪毙）"了事，但她还是要不带任何期盼地走一程过场，这样好推脱姐姐的盛情，自己的心里也安慰些。现实中的事情往往富有戏剧性，张倩丽把装着手续的信封丢进签证窗口，无精打采地等待发落；岂料，黄发外交官打开信封看看，极为扯淡地问了几句，说声"OK"即把签了字的黄卡塞了出来。她傻了，脑子里霎时一片空白，出了使馆门竟不知迈向何方……

70万人民币卖掉生意正旺的饭店，两个月后的张倩丽携子来到美国。姐妹异国相聚自然是随愿之喜，可数日之后，蓝眼睛的姐夫不耐烦了，以美国人的"爽直"勒令来自中国的"穷亲戚"搬出去居住。无奈，姐姐帮小妹租了间房子住下，然后又找抚幼所又联系语言学校，想尽一切可能关怀照顾母子俩。倩丽深领姐姐的关爱，但倔强的个性使她竟然走向了这个陌生的社会，并凭着自己熟通的会计技能很快在一家中资公司找到份薪水颇低的工作。就这样，她又打工又学习又带孩子，一天天咬牙挺着日子。姐姐看着心疼，可因脾气古怪的丈夫无法与小妹母子相守，只能隔个三天两日借下班路过时小坐探望。一年的光阴过去了，张倩丽母子的苦日子没有改观，但她初通了美语，熟悉了城市的街街巷巷，能够单独与这个社会交往了。然而，不幸又骤然降临，7月一个风和日丽的星期天突然有人来报，说几小时前姐姐随夫游泳时不慎溺水而亡……晴天霹雳，惊雷轰顶，张倩丽两眼一黑再也挺不住了。她疯了似的奔向医院太平间，扑倒在姐姐冰冷的身体上放声恸哭……姐姐去了，无声无息地撇下小妹母子离开了这个世界。倩丽坚持从那位只在胸前划十字而舍不得掉一滴眼泪的姐夫手里留住姐姐的骨灰，捧回陋室小心收好。在这个陌生的国度里，姐姐是她唯一的亲人啊！她不能丢下孤单的姐姐，她不情愿姐姐的魂灵游荡异国，她要守着姐姐，她要把姐姐带回深情热土的祖国。张倩丽收拾行囊，打算永远离开让人悲伤的美国，尽快回到属于自己的家园。就在这时，突然传来一条消息，姐姐一位生前好友告知，最近那位美佬姐夫得到保险公司的一笔巨额赔偿金，缘由是姐姐半年前参加了人身保险，而这一举动恰恰是在丈夫的指点下实施的。这位友人进一步说，姐姐生前曾讲过，她嫁给的这位"爱死爱活"的追求者是二婚，其前妻因"意外事故"身亡，他在"不幸"中亦领到过巨额人险赔偿金。张倩丽惊愕了，周身上下彻骨冰凉……一杯杯"洋酒"、一支支"万宝路"，浸泪望着姐姐的遗像、骨灰盒孤守长夜，她决定不走了！

　　夜，黑沉沉的，天地浑然一体。红色跑车在两束灯柱的导引下不知疲倦地高速向前。倩丽稳稳把着方向盘，圆睁的双目一眨不眨地盯着前方，任凭闯进车窗的强劲夜风频频摔打着长发。我注意到，她在讲述自己的故事时，情绪上并未表现出过度强烈的激动，语调始终保持着一种在压抑状态下的低徊、沉郁；但从她脸上透出的神情却不难看出，那副单薄的身体里正搏动着的心和一股积蓄已久的"核能"。

　　"唉！我就是这样在美国待了下来。"张倩丽狠吸了两口烟，掐灭烟头，"我花了三年多的时间基本通晓了美语，东奔西跑拼命赚钱带大了儿子。对，他现在上四年级了，才把他送回北京。要说这两年，我在一家老外开的公司里做得蛮好，每年都能挣到6万美金，日子过得很滋润，而且我还正在筹办自己的公司，计划很快开张。可是，我并不开心，总觉得没把正经事儿做起来，心里老是疙疙瘩瘩的。唉，我不能让我姐姐就这样不明不白地死去，不然我对不起她！"

"可以告他！"我不平地说。

倩丽无奈地摇摇头："不行呀。美国的法律非常严格，没有确实证据不会立案侦查，相反十有八九还要反告你犯有诬陷罪。不过，不管怎样，我绝不会饶了他！"

"……"我欲言又止，心里隐隐掠过一丝难以名状的不祥。

良久沉默，两支香烟"吱吱"闪着橘红色的光……

"唉——"我又吸燃一支香烟，心脏的负荷也难以承受这漫长的寂静，口吻深沉地发自肺腑道，"我相信，老天爷是有眼的，绝不会让你总这样苦命！我真不知该怎么表达心里的感受，唉——人活一世不容易啊，好好活着吧！"

张倩丽夹烟的手指微微颤抖，烟火映亮的脸颊泛起一抹难以平静的神态。她动容了……

梅莹啊梅莹

兜进车窗的风渐渐透出几分凉意，这是夏日里在植被茂盛的地域进入子夜时分发出的特有信号。荧光闪亮的仪表盘显示，我们在漫漫旅途中已奔驰了6个多小时。

"你困了吗？"倩丽清清嗓子关切地问。

我摇摇头，没有做声，只是下意识地抬起发涩的眼皮望着她。窗外的灯光风也似的掠过她的脸，一闪一闪映衬出的暗淡肤色上浮现着倦意。她实在太累了。

"为什么这么久听不见你说话？我还以为……"倩丽笑笑。

我转过脸，将视线投向远方星星点点的灯光："我一直在想你讲的事情，你真是不容易啊！"

倩丽嘴角微微抽动了几下，沉默片刻之后将靠着椅背的身子向上挺挺，又力量适度地朝后甩甩那头长发："你太多愁善感了，这样可不行哟！记得我对你说过，漂泊在美国的中国人人人都有一本血泪史，你有再多的眼泪也为他们哭不完。美国是一块冰冷的铁，你想温热它是不可能的。你刚才说得对，老天爷生自己一回不容易，只要好好活着比什么都强！"她谈话的口吻明显有了力度，似乎刚才的一切沉郁都随风飞去。但是，不知怎么的我的心里总是有些惴惴不安，尤其看着她脸上越来越明晰地刻上坚毅之色，更觉其内心世界深不可测了，仿佛天上的弯月罩进了云雾里。也许，这就是女人所特有的那份男人读不懂的张力。

汽车拐下高速公路，斜插驶入右侧一条七八米宽的柏油路。周围的环境很幽暗，稀疏的路灯有气无力地亮着，道路两旁的树林被轻风吹拂得"沙沙"作响，愈显得夜静更深了。

张倩丽长长舒口气："可熬出头儿了，再开十几分就到家了。她肯定早沏好了热茶，等着咱们呢！"说到"家"字的时候，她的语气是那么的亲切和意味深长。

"这家的主人叫什么？别见了面，我像个傻帽似的什么也弄不清。"我急迫道。

"瞧瞧，你不说我倒忘了。"倩丽举起右手轻轻敲敲头，语调里含着笑意说："她叫梅莹，也是北京来的，3年前来的美国。她人非常好，是我所见到的最善良的人。要我是个男的，这辈子非娶她做妻子不可。马上就到，等有时间我再给你讲。"说着，她猛踏一脚油门，提高车速冲上斜坡……

汽车终于停在了一座亮着灯光的别墅旁。兴许是听到了响声，临街的那扇门顿时敞开了，一个修长的身影被灯光簇拥着飘了出来。张倩丽神情兴奋地迈出车门，张开双臂与那个飘然而至的影子紧紧拥抱在一起。

"梅莹，这位就是我在电话里常提起的那位朋友。"她们忘情地相拥了一阵，倩丽猛地才想起了拎包站在身后的我。

"你能来，我太高兴了！"那个影子伸出纤细的手，柔声说："快快进屋。"

宽敞舒适的客厅里弥漫着清淡的茶香，一嗅便知是上好的绿茶。女主人安顿我们坐下，揭开茶几上的杯盖儿，又轻快地跑进厨房端出两盘零点小吃。"先别说话，快喝两杯热茶吃点东西，你们一定饿了。"说着，她眯笑着那双温存的眼轻缓地在我们对面坐下。

倩丽脱掉外套，举臂舒展疲惫的腰肢，然后端起茶杯喝了几口，舒心道："回家的感觉真好！你的那位先生哪辈子修来的福，人海茫茫中娶到了你，让我看着都嫉妒。仁儿、仁儿……他睡了？"倩丽下意识地看看墙上指向零点的表，吐吐舌头压低声音问。她显然很熟悉这家的男主人。

梅莹清秀的脸上泛着红晕，两条细眉柔柔地弯下，嵌着甜甜的酒窝说："他不在，回国做生意去了。倩丽姐，你可甭把我说得那么好。"灯影下的她，含羞俯首，柔顺的秀发自然垂落于左肩，那温善安恬的神情像一汪清纯的水，漫溢着圣洁超逸的女性气韵。静静望着她，我脑际里不由地幻影出另一个形象——圣母玛利亚。

夜深了，倩丽和梅莹回到主人的卧室娓娓倾诉姐妹之情。我冲过澡，也回到了主人特意为我精心准备的客房。这间房子虽然不大，只有10平米的空间，但柔软的棉被和装着荞麦皮的枕头（这些显然是从国内特意带来的，因为美国人枕着盖着的均为工业产品）使人倍感舒适，抑或还能找回丝缕身置故里的感觉。

这一夜，我睡得格外香甜！

马里兰的早晨充满了乡野气息，阳光透过浓密的树木斑斑点点洒在绿草如茵的大地上，鸟儿叽叽喳喳地登枝欢唱，轻风携着晨露拂来阵阵清爽。这里完全不同于楼厦密布的纽约，几乎看不到什么高层建筑，平展、清洁的街道掩映于林荫里，一栋栋的别墅相隔有序地散落在绿草间，放眼望去满目的恬静、安逸。

吃罢早饭，我们三人坐在客厅沐浴着暖洋洋的阳光品茶、聊天。我发现梅莹家的茶成色、品级极高，而且沏泡手艺颇有一套。"在美国能喝到这样地道的中国茶实属难得啊！"我呷口清香的茶水，不禁感慨。

倩丽抿在杯口的嘴笑了，一脸神秘地说："甭说在这儿，即使在中国你也难有喝到这等茶水的口福。你知道你享用的是什么人的手艺吗？"说着，她抬眼瞟了瞟身旁的梅莹，神情得意地笑了。

"怎么，莫不是梅莹有什么特异功能吧？"我瞅瞅杯中的水，又瞧瞧两位会意微笑的女性，不知所然。

倩丽见自己的"关子"已达到预期效果，方装出一副"司仪"的样子，憋粗声调点破谜底："梅莹，美籍华人，赴美前乃中国茶叶公司茶叶品级评定师。她在茶学研究方面颇有造诣，多次在同行业比赛中夺魁折桂。无论什么样的茶叶，她只需看一眼便可说出它的名称、产地、品级和色香味的特点。"说完，她放下"司仪"的架势，侧脸望望梅莹问，"怎么样，我没说错吧？"

梅莹难为情地摇摇头，"倩丽姐，瞧你。我这点事都让你给说腻了。"说着，她娇羞地伸胳膊挽住倩丽的脖子，那亲昵的样子就像一对亲姐妹。

"本人表现怎样？"倩丽撑着脖子冲我挑一眼，洋洋自得地说，"我的报道比你们做记者的不差吧？"

"说得是不差。"我先是赞许地点点头，转而又故意夸张地摇着头说，"不过，还是差点。新闻报道最基本的原则就是真实，而你恰恰失实了，你把梅莹误称为美籍华人喽。"

"哈哈哈……"听罢我的话，姐俩不约爽笑起来。倩丽更是乐不可支地指着我说："伟大领袖毛主席教导我们，没有调查就没有发言权。恰恰是你失实啦！8个月前，梅莹已在美国国旗下宣誓，正式成为美利坚合众国公民。"

"这怎么可能？你不是说她才来了几年嘛！"我一脸的迷茫。

"怎么不可能，凡事都有个例外嘛！"倩丽呷口茶，有意停顿一下吊吊我的胃口，然后放缓语调，不急不慢地讲起了事情的原委——

梅莹的父母是当今中国一流的英语语言学家，在国际上、特别是美国等英语语系国家具有相当知名度，所教学生遍布世界各地，事业有成者颇多。因此，在父母熏陶下，家中排行最末的梅莹从小便受到良好教育，尤其英文更是纯熟；她大学毕业后不仅以其聪颖天资很快成为所在单位业务尖子，而且凭自己出众的特长成为茶叶出口贸易谈判桌上不可或缺的人物。1980年代末，在"出国潮"冲击下她动意出国深造，并顺利通过"托福"考试取得全额奖学金。然而，事情不顺利，她先后两度前往美国驻华使馆签证均遭拒签，理由极其简单——移民倾向严重。如此境遇，对于一位年轻女子来说前景极为不妙，护照上的"拒签"记录意味着她赴美的机会已经渺茫，除非等到美佬有朝一日"大发慈悲"。就在梅莹处于无奈之时，母亲的一位从美国回来的学生提醒说，记得数年前上英文课时，老师曾无意间提到梅莹出生在美国；如果是这种情况，只要查找到出生证明，即可按照美国法律规定，直接申请办理移民。梅莹回到家里，向父母问及此事，经过一番"磨嘴"最终得到证实。她不理解的是，父母为什么一直对自己瞒着这段身世。母亲一脸愁容，心有余悸地道出缘由：怕的是再碰上一次"文化大革命"啊……经那位学生鼎力帮助，梅莹的出生记录很快在美国有关机构查到并出具了具有法律效力的证明。于是，梅莹的命运发生了戏剧性变化，她的移民申请两月之后即获得美国移民局批准，秀水街的那扇裹在星条旗下的门也不再是冷冰冰的无情屏障……

"……后来，她就同你现在一样，在美国开始了创业；再后来，她与国内的男朋友仨儿结了婚，并把他也带到了美国。"倩丽端起第三道茶水抿着。这时，梅莹一双善良的眼睛望望我说："今儿个天气特好，你看咱们上哪儿去？"

倩丽向后一撩长发："你想去哪儿玩？"她用征询的目光看着我。

我不好意思地笑笑，摇摇头。

"梅莹，还是你说吧。"倩丽把决定权交了出去。

"我看……"梅莹眨动着眼睛思忖片刻，表情认真地说，"有两个地方可选择，一个上公园，一个去DC（华盛顿哥伦比亚特区）。你们说是去哪儿？"目光打了个三角线，最终还是落在我脸上。

我谦和地笑着，迅速做出反应："就去DC！"

地铁高速奔驰在镶着漂亮灯饰的隧洞里。完全不同于纽约，车厢清洁得一尘不染，柔软的靠背座椅一色乳白，棉绒绒的墨绿色地毯铺于脚下，舒适、敞亮而且静谧——优良的密闭性使人几乎听不到烦心的噪音。这儿的地铁设施明显比纽约奢华得多。最令我快意的是，乘车旅游的人少得出奇，甚至中途停车的大多站台上见不着一个人影，仿佛这列地铁是专为我们三人开行的，而稀稀拉拉分散在其他车厢里的乘客只是顺路代捎的。

大约运行一个半小时，隧洞的直径放大了许多，壁灯的间隔距离逐渐在缩小，看情形地铁正朝着"繁华"地带挺进。"咱们到了。"梅莹招呼我们起身，不紧不慢率领着走向车门。

窗外灯光辉煌，形同白昼，站台上来来往往的人显著增多，不用问这是个担负着交通枢纽重任的大站。"哧——"地铁车缓缓停了下来，车门滑顺无声地缩回两边，人们高度自觉地遵循着"先下后上"的国际化通行原则，都规规矩矩站在由地灯显示的"一米线"之外静候我们下车。文明并非是虚幻的词儿，往往点滴之间见精髓。历史文明是一种辉煌的可供观赏的深厚积淀，现代文明则是融于每个活着人血液里可触可感可行可塑的具象体现。

天高云淡，阳光灿烂，我们仰望朗朗天空，拾阶走出地铁站口。哇！好大一片绿茵茵的草坪，犹如铺展的地毯遥遥数千米，一头伸进茂密的树丛，一头通向巨石筑砌的庞大敦实的大型白色建筑群；其正中央为建筑主体，明显高出与之相连的形同两翼的狭长配楼，尤为惹眼的是其折射着阳光的绿色圆顶，顶端正中还矗立着一尊富有象征意义又具有装饰效果的塑像。

我睁大眼睛，脱口道："是华盛顿的国会山庄。"

我们漫步于草坪，说说笑笑好是畅快。也许是天气和环境的原因，大家的心情个个好得出奇，倩丽和梅莹干脆脱掉鞋袜光脚踏在松软的草坪上，嘴里唱着歌又蹦又跳，欢快地就像两只"放生"的小鹿……这一天，我们在华盛顿玩了个痛快，累了就地或坐或卧，饿了就从推车的小摊贩手里买个热狗、可乐，三人无忧无虑，无愁无苦，唯有笑声朗朗不绝。这是我来美后最轻松、惬意的一天。

太阳朝西斜去了，烧红了树梢，染红了草坪。我们踏上返程的地铁，心满意足地瘫靠在乳白色的座椅上。

"真好！"梅莹声调兴奋地说，"我从来没有像今天这么悠闲地在华盛顿玩过。以前都是陪着客人，急匆匆来急匆匆去。"

倩丽闭目枕着靠背，感慨颇深："我也是，今天的感觉真好！记得我第一次到华盛顿那才叫惨呢，是跟旅游车来的，下车时导游就说只给10分钟观光时间，结果我下车后刚照了一张相就又被轰上车了。"

空荡荡的车厢里响起我们三人开心的笑声……

……

又是一个阳光明媚的早晨，客厅里静悄悄的，既见不到两位女士的身影，又听不着有人走动的声响。而昨天这个时候，梅莹早已在厨房忙活起来了。

我走进厨房，见餐桌上的保温电饭锅下压着张纸条，上面留有一行娟秀的字迹：

"饭已做好，你们先吃。我过会儿就回来。梅莹。"

我被搞糊涂了，大早晨她会去哪儿呢？又有什么事儿非急着这个时候办？我坐回到客厅，静静等待着。

不一会儿，倩丽起来了。她打着哈欠走进客厅，见我独自一人呆坐在沙发上，好笑地问："大早晨的，你一个人傻呆呆地坐那儿干吗？吃饭了吗？"

我没有回答她的问题，而是锁着眉头说："梅莹留下个条子，说她外出了，要待会儿才回来。她这是去哪儿了？"

"我知道。"倩丽不慌不忙地说，"她走时告我了，今天是星期天，她去教堂做礼拜了。"

"怎么，"我惊讶地问，"她是基督教徒？"

倩丽点点头："这有什么大惊小怪的，信仰自由嘛！我倒觉得，她那副慈悲心肠生来就该是基督徒。"

"这我也信，不过……"我不知自己想说什么。

倩丽不觉笑笑，双手拢着头发说："不过什么？说不定我哪天也会入个什么教。美国不仅是个经济大国，还是个宗教大国，不同宗教派别就有250多个，地方性教会团体有22万多个。对美国人来说，宗教已不仅仅是一种信仰，而是渗透进了社会生活的各个方面。在美国人的观念中，一个人如果参加了某个宗教组织，便意味着在社会上拥有了某种身份和地位；相反，如果一个人没有任何一种宗教信仰，便会被视为是不完整的人，会被人瞧不起，会遭到社会排斥甚至非难。在上至国家总统下至社区组织的选举中，没有教派信仰的人是绝对不会被推举的。因此，在美国无论是新教、罗马天主教、犹太教、东正教、佛教，还是什么别的教，几乎人人都会入一个教。当然，梅莹入教有她自己的特殊原因。"

倩丽的一番高谈阔论把我镇住了，想不到她对美国的宗教有如此研究。不过，梅莹入教的谜团是我最急切想弄明白的："是什么特殊原因呢？"

倩丽诡秘地一笑："这个我就不能告你喽！"她将视线缓缓移向窗外，笑意从脸上丝丝淡去，略有所思地摇头说："反正，肯定是有重大的事情才能使她迈出了这一步。"

我知趣地收住舌头，不再继续深究细问，可激活的脑神经不听指挥，无边无沿地开启了联想的闸门。

女人的谜真多！

10点多钟，与圣主耶稣对话完毕的梅莹一身爽气地回来了。她笑盈盈地对我说："我在教堂为你祈祷了，愿基督保佑你在美国一切顺心、愉快。阿门！"她虔诚地仰视前方，在胸前划着十字。

"真心地谢谢你，梅莹。"我为她的善良而感动。

梅莹抿着嘴角摆摆手："这没什么。我们都衷心为你的事业祝福。"说着，她和倩丽会心地笑了。

"走。"梅莹把汽车钥匙放在茶几上，挽起倩丽的胳膊招呼，"咱们去地下室唱卡拉OK！正巧，前段时间刚托人从国内捎来一批光碟。"

……

"交城的山，交城的水，交城的山水实在（咯）在（呀）美。交城的大山里没有（啦）好菜饭，只有莜面烤烙烙还有（哇）山药蛋……"

马里兰的这幢寻常住宅里回响着男中音沙哑的、"山药蛋"味儿十足的山西民歌和两个中国女性淋漓欢畅的频频喝彩……

中午，阳光高热度地照射着大地。两辆轿车一前一后开至一家生意火爆的广东菜馆。这是我们马里兰之行的"最后午餐"，饭馆近旁的高速公路不久将承载着那辆红色跑车送走回归返程的人儿。

纯正的粤菜摆上餐桌，但我们似乎都没有胃口，三双筷子只是象征性地张合着……该买单了，我趁梅莹和倩丽交谈之机抢先接过服务小姐手里的价单："我来付账！"

"你……"倩丽瞪了我一眼，掏出皮夹取钱。

梅莹一手制止倩丽，一手试图抢过那张价单："来我这儿了，你们不要这样。"

"没关系，谁付都一样，更何况我是男士嘛！"我以一种不容更改的口气说，同时用提示的眼神朝周围一挑，"别争了，让人家看着笑话。"我恰如其分地运用了美国"规则"。

这一招儿果然见效，她二人见我态度执意都停下手来，下意识地瞧瞧四周。倩丽白我一眼，又赶快转向梅莹笑着玩笑道："得，得，有人抢着给咱们付账挺好。"

服务小姐收下钱走了，我冲倩丽得意地挤了一眼……

要分手了，倩丽同梅莹紧紧拥抱，许久不愿分开。我静静站在近旁，看着这深情难舍的一幕，双眼也随着她俩淌出的泪珠湿润了……

红色跑车又奔驰在宽阔平坦的高速公路上，倩丽沉默不语地驾着方向盘，任凭劲风舞动她的长发，风干眼角的泪。走了好大一程，倩丽要了支烟吸了几口才说："我每次离开马里兰时，心里都特别不好受，也说不上是为什么。我总觉得梅莹就是我的亲妹妹，无论走哪儿总让我挂牵。她真是个好人啊！"

"的确，像梅莹这样好的人真是难得。"我由衷地点点头，脑子里闪现着梅莹久久站在公路边挥手送行的情景。

"小老弟，我可是要正经说你了。"倩丽扭头看了眼我，表情认真道，"就是谁付钱也轮不到你呀！你才有几个钱？你现在没有就不要乱花，等将来你真有了，我也不会客气。记住，从现在起，只要有我在场，绝不允许你来付账！"

"这……"我想争辩。

"这什么？甭打肿脸充胖子啦！"倩丽抢过话，瞟了我一眼继续说，"梅莹跟我说，她确信你是一个能成就事业的男人。这一点，我也不怀疑。咱们现在就说好，到时你办起电台发了财，一定得白送我一套飞法国的往返机票哟！怎么样，小老弟？"她眯笑着眼睛瞧瞧我，伸出右掌。

"君子一言，驷马难追。成交！"我郑重允诺，与她击掌。

高速公路遥遥通向天际，飞驰的红色跑车甩给美利坚大地一串串男女混声的中国山野之音——"灰毛驴驴上山灰毛驴驴下，一辈子也没有坐过那好车马……"

孤独苦旅

"你该静下心来再想想，不要过早给自己一个结论。"倩丽离去时着重留下的这句话一刻不停地在缠绕着我。

问号一圈圈膨胀，酵母似的搅闹着脑髓。我的脑壳被暄得憋鼓鼓地欲要撑裂了，可又若有若无地不知容装了些什么，甚至有时连刻意思考答案的意念都会出现无头无绪的长时间的"盲区"，就像脑袋里塞满了浸透液体的棉絮，白得沉甸甸的。

想当初，来美国时是何等的雄心勃勃，义无反顾地告别了亲友，离开了单位，飞向了欲展宏图大志的太平洋彼岸。那气概真是悲壮！而如今，孤魂野鬼地游荡了一圈纽约，饱尝一番"洋罪"，事业不见成型，两手空空地却又要回去了。我心不甘！对我而言，来也不易去更不易，这时空和地域间的跨度意义绝非像花点钱买张机票那么简单，那么少有内涵。虽然，在别人面前我陈词慷慨，但当独自一人坐下来静想时，心里却也虚虚地云里雾里，这个"回"字的分量实在不轻啊！它大口里套着的那个小口深不见底，潜藏着怎样的征兆？预示着怎样的结果？我不乏想象力的大脑实在无能也无力知晓。然而，若是留下，在一般人眼里可谓"前途光明"，可我心不甘。我的努力，我的奋斗，眼睁睁瞅着仅差一步之遥就要实现心中所愿了，怎忍半途而废，不做最后一搏呢？当然，平心而论，美国美加华语广播网总裁刘禹开出的诚聘我去洛杉矶分台做总经理的"条件"也的确诱人，年薪17万美金呀，不能不惹人心动。至少钱是实实在在的，工作是稳稳当当的，家居也会是舒舒服服的；而不至于像我回国后要面临未卜的前程和"灰溜溜"面见亲朋好友的尴尬。但是，没有寄托地这样活着，我心不甘！

矛尖盾坚，闹心的烦乱。我混混沌沌理不清思绪，唯有扪心重复那一声声难为自己的发问——为什么……为什么……

我沉重得喘不过气，莫名的孤独袭上心来……

"嘟——"电话铃响了，我摘下话机，等着对方说话。

"喂，是张先生吗？"一口京腔儿的男中音。

"正是。你哪位？"我答道，脑子里分辨着这个听来陌生的声音。

对方释重地笑了："你在家，真好。我叫程虎，华盛顿来的，是黄晨的朋友。"

"噢——"我先是犹疑，转念蓦地记起黄晨兄离开纽约时提到过这位曾是新华社同事的名字，于是情绪立刻欢悦起来，"你好！你现在哪里？"

程虎口吻略显迟疑道："我……我就在你家楼下。我来纽约办事，顺便接我爱人回去。我……"说到这里，他吞吞吐吐更加犹豫了。

"有什么事尽管说，我会尽力来办。"我似觉其有难言之隐，直言道。

程虎叹口气，像是下了决心："实在不好意思，我想在你家借宿一夜。不知你是否愿意。"

"这个……"我口舌有些含糊，一时不知该不该应允。

"没关系。"这时程虎不安地插话道，"是我太唐突了。如果张先生不便的话，就不打扰了。我再想想办法。"

"没什么不方便的。"我不再臆想宅主的"习惯"了，立即果断表态道，"欢迎你的到来，你是黄晨的朋友，也就是我的朋友，没什么客气的，请快快上来！"

……

程虎身高约1米80，肩宽背阔，是个健壮的中年汉子。他有一张中国北方人典型的方脸，两道浓如墨染的剑眉下一对聚神的大眼格外突出，颇显男性阳刚英武之气质。黄晨对这位在国内相处甚密的同事极为褒奖，离开纽约的那天晚上曾向我介绍说，他们是同年大学毕业分配到新华社工作的，而且同室办公，又均从事对外新闻报道。程虎业务能力很强，是同龄人中的佼佼者，曾参与过许多重大新闻事件的报道，常有佳作问世，颇得上级领导的赏识，被公认为"高质高产"的干才。1980年代末，他经在校时的英文"外教"、美国某大学教授担保，辞职出国留学深造。两年之后，学业期满，他拿着优异的成绩单在华盛顿苦苦闯荡一年，最终鬼使神差地还是干起了老本行——考进美国之音总部任中国节目记者。

我将程虎迎进屋来，但他身后并不见嫂夫人的影子，因此不觉纳闷，眼睛里生出疑问。

程虎卸下挎包，多少有些难为情道："今晚怕是见不着她了。她在曼哈顿一家服装公司工作，等下班回到法拉盛也是晚上9点以后的事了。再说，等她回来也没用，她的住所没有我的容身之处。"

"为什么？"我请他坐下，望着壶嘴抛向茶杯的水流不解地问，"难道你们……"我不能不往复杂里想。

"谢谢！"程虎接过水杯，忙笑着摆手解释，"不是那个意思。纽约的房价实在太贵，单门独户的摆不起这个谱儿。她同别人只合租了一套公寓里的一间卧房，我一个大男人家怎么能挤进去住呢？唉——"他喝口水，点燃"万宝路"，一口气吸去半截儿，接着更进一层道出肚里的苦衷——

妻子有个典雅的、极富"名门闺秀"味道的名字——林舒娴。她原在北京某单位图书馆工作，1991年带着4岁的儿子来到美国。由于所学苏联式的管理业务无法与美利坚的图书学系统接轨，她只好改学服装设计。毕业后，她本想在华盛顿找份适合自己专业的工作，同在当地工作的丈夫和刚上小学的儿子天伦之乐地厮守一起，但腿都跑细了也终未如愿。因为首都之地的华盛顿乃政治中心，而非商业中心，这里更需要的是政客和为之服务的制造各种政府文献的印刷业主。无奈，她又返回纽约的学校，经老师介绍在曼哈顿一家服装公司谋得一个薪水不高的辅助工。从此，他们一家人相隔两地，过起了美国式的"牛郎织女"生活，只有盼到"双休日"，方能得以合家团聚。

程虎说到这儿，痛苦地摇摇头："几年了，就这么苦想苦盼地过着。平时我又当爹又当娘地带着孩子，好不容易等她回来了，可还没温热家她又得走了。我倒是无所谓，只是可怜了孩子和她，每到周末，孩子不等她回来不睡觉；每到周一，她凌晨三四点就得爬起来赶路，抱着枕头睡在火车上，好掐着点儿赶回曼哈顿的公司上班。唉！这样的日子真不知还得过多久。"

看得出，程虎是个极重感情的人。他眼含凄凉地说完话，把头沉沉地埋进"万宝路"浓烈的烟雾中……

窗外的景物在夜色笼罩下朦胧了，两支相对而燃的香烟"吱吱"闪着微弱的光亮……

晚餐做熟了——一锅焖大米，一盘炒鸡蛋。这已是囊中羞涩的我在己所能之下尽其所有了。

我邀请客人入席，表情歉意地编造谎言："事先不知你要来，所以没来得及上街采购。实在不好意思。"

程虎不介意地笑笑："不必客气，我早有准备。"说着，他把拎在手里的挎包往餐桌上一搁，扯开拉链即往外掏东西——一瓶洋酒，两听罐头，还有一个塑料餐盒。

灯影下，往日清淡的餐桌上霎时间丰盛起来。程虎搓着手，嘿嘿笑道："请！这都是黄晨嘱咐的，说如果我到纽约来就来看看你。他还告诉我，你特别爱吃卤水掌翼。喏，这个餐盒里就是，专为你买的。来，咱哥俩好好畅饮一番！"说罢，他攥掌一较劲儿拧开瓶盖儿，将黄如油色的洋酒一分为二倒满两只瓷碗。

看情形，往日的他一定酒力不错，不然是不会筷子还未拿起便摆出中国式的喝酒架势。痛快！我捧碗与之撞响，"咕咚"饮进一口。

程虎毫不示弱，仰脖也喝下一大口。他放下碗，咂咂嘴，拿起筷子为我夹过一只鸭翅，道："听黄晨说，你来纽约是办华语广播的，眼下进展如何？"

我望着自己倒映在酒碗中的脸，摇头叹吁道："一言难尽，不瞒你说，这几天我就要回国了。"

"为什么？难道……"程虎似有所悟，没有把话问完。

我端碗自饮一口，任由猛酒辣皱眉头呛出眼泪。片刻沉默，我抬头望眼同情相注的程虎，口吻沉缓地道出事情缘由。我只身来到美国这么久了，一心就是为了开办华语广播，把真正来自中国的声音传递到大西洋彼岸的这方天空。几经周折，费尽心血，好不容易与总部在美国的美加华语广播网总裁刘禹达成协议，免费获取他旗下的"中国广播网"的3小时播出时段。这在分分秒秒都是钱的美国是不可想象的。刘禹年届60多岁，40年前因"反蒋"遭追杀逃到美国。他身无分文，凭着在台湾做播音主持的深厚功底，在华语广播圈站稳了脚，并经过几十年拼杀，建立起了自己的广播电视传媒"王国"——美国美加华语广播网。其辖几十个频道、频率，覆盖面涉及美国、加拿大等地区。刘禹之所以提供给我3小时播出时段而分文不取，就是看中了我的那腔热忱的创业精神。他说："你让我看到了我的过去。你让我感动！我相信，只要肯拼，你一定会成功！"就这样，我们签订了有关合作协议。然而，天有不测风云，想不到的是国内的节目源出了岔子，本已协定提供节目的电台无法通过海关寄出磁带，原因是这项对外宣传合作未有国家有关管理部门的批文。突遭"卡壳"，我如悬在半空的气球，没着没落，进退不得。刘禹这时诚心提出他的主张，要我放弃原先的想法，诚聘我去他刚刚购买的洛杉矶分台任总经理，并开出了年薪17万美金的高价。我被他的真诚所感动，但我的回答让他更感吃惊："我来美国是有自己的信念和追求的，而不是单纯为了换个地方生活，如果这个愿望无法实现，我待在这里就没有任何理由和意义了。刘总的真诚让我感动，我答应你，假如国内的批文办妥了，我一定回来帮你的忙，与你好好合作。"

我虽这样说了，可能否拿到国家有关部门签发的允许国内电台节目输出的批文，还是个大大的问号。不过，我必须回去试一下。否则，我心不甘啊！

……

程虎专注地听着，一声不吭，只是时不时下意识端起碗喝口酒。听到动情处，他会死死咬住下嘴唇，把内心的感触拧作一团挤压在眉宇间。

我的话讲完了，他碗里的酒也喝去一半。

"唉！"程虎的眼珠被洋酒熏红了，夹着"万宝路"的手在头顶挥动，"黄晨跟我说起这事儿，我就说过十有八九办不成。为什么？国内人无法理解。很显然，你的举动具有想象力和创造性，但你选择去做的却是在国人眼里十分敏感、非同小可的事。的确，中国的声音在美国太微弱，可又有多少人真正深入实地务实地研究过它呢？我相信，如果你能办成华语广播，肯定会在华人圈里产生很大影响。但是，现实是无情的，你拿不到批文就休想拿到国内的节目，而这不是你力所可及、一厢情愿的。"

他喝口酒，眼神散乱地望着悬浮在半空的烟雾继续道："其实，我也有过像你类似的想法，但都一一被碰了回来。我上大学时住在黑人区的一间小房子里，一边上学一边在餐馆打工。大冬天的别人都躲进暖烘烘的屋里，可我还得骑着破烂的自行车奔东跑西送外卖。遭人白眼是常事，有时闪不过还要被人抢劫。好不容易，我开始寻找工作，当时，我的愿望就是能拿起笔来，在美国做个有为的中国记者。可是，我去了中国驻美国的新闻机构，人家都是摇头。我又向国内许多新闻单位寄去求职信，大多都石沉大海，只有少数几封回信也是婉言谢绝，称'没有先例'。当时，我非常痛苦，不理解事情为什么会这样。我问自己，难道我的想法错了吗？没有错！我问心无愧。可是，最让我受不了的是那些投来的猜疑目光，好像你别有用心，有什么不可告人的企图。要知道，人一旦失去信心，内心的自尊、自信也就垮了。我很迷茫，脊梁骨都像被抽去了。我感到了平生从未有过的孤独。人走到这个地步，回去也没什么意思了。唉，这种感觉，生活在国内的人是体会不到的……后来，为了生存，为老婆和孩子，我给洋人又打起了零工。可是，我太热爱记者这个职业了，所以在哪儿都三心二意干不长，一直等待、寻找着重新做记者的机会。再后来，我想黄晨给你讲过，我就考进了美国之音……"程虎痛苦地将头埋下，习惯性地搓着双手吭哧着说，"说心里话，这样的记者我做得并不开心，心态时常在一种极度矛盾的重压下。前年，我回国探亲，整天除了关在家里没有跟任何人联系，更没有去新华社看看的勇气。见了他们，我真不知说什么。"他深深叹口气，端碗猛饮两口，发自肺腑道，"什么是孤独？当一个漂泊异国的人突然发现背后没有了自己的国家作支撑的时候，那才是最大的孤独！"

……

不知何时，脚下的地板开始震颤起来，搅得人更心烦气躁了。留意判别，顿时发觉强劲的"超重音"迪斯科已网织于周围的空气里。

我不以为然地摇头，嗤鼻道："没什么，我都习惯了，楼下的洋人又发神经了。"

"啪！"程虎拍案而起，眼珠子瞪成两个铜铃，"妈的！欺负到咱中国人头上来了。走，找他去！"说着，他转身大步迈向房门。

我一把没拦住，房门已经开了，于是赶紧趿拉着拖鞋追下楼去。

"F4"的门紧闭着，强烈的声波穿透门板冲击着楼道里刺鼻难闻的空气。程虎先是用力按下门铃，接着敲响门板，最后干脆挥拳猛砸起来，但"F4"的门不仅依旧紧闭着，反而强似冲击波的音乐重若砸夯地愈开愈大，同时还伴有大人小孩无比亢奋地狂吼乱叫和跺着脚的舞蹈声……这家人简直疯了！

"太不像话了，纽约人怎么这样。这是违法行为，咱们告他！"回到屋里，程虎操起电话报警。他用英文说明情况，纽约警察总局的值班警察推说此类事件不归他们管，让与分局联系。电话打到了分局，开始无人接听；又打了几次，好不容易对方有喘气儿的了，可还没把话听完便插入一句："等等"，接着即放起电话录音来，那意思与总局如出一辙。程虎气愤地挂掉电话，嚷声大骂道："纽约警察都是帮混蛋！问我是中国人就什么也不管了。看来，非弄出人命案他们才会到现场来。呸，该死的美国佬！"

我和程虎的自尊心受到极大伤害，高声破口大骂，四只脚拼足劲儿狠狠跺向地板，对"F4"的无理行径还以颜色。

"咚咚"的跺脚声持续了四五分钟，然而"F4"的音乐并未因此有丝毫减弱，大有天塌地陷也无济于事的意思。我和程虎脸上淌着汗，气喘吁吁地坐下来。稍歇一会儿，程虎无奈地耸耸肩，端起酒碗一饮而尽。他酒已上头，满脸通红，有些晃动地撑起身子，痛苦不堪地冲我说："其实，出来干也没什么意思，兄弟，没有国家做靠山的人可怜啊！"

我被他的话深深撼动了，双手捧碗敬过头顶，然后一仰脖"咕咚、咕咚"将酒倒进嘴里……

程虎醉了！我也醉了！

美国不好玩

　　当真要离开一个地方时，不管你曾恨它爱它怨它恋它……都会萌生一种难以名状的别情离绪。我虽归意已决，但面对相伴苦乐的纽约依然牵情百结。记得一年前造访这座城市，印刻在脑海的只是高楼巨厦和脏乱、嘈杂；而当真正融汇其街巷密织的人流里真实地生活过，才渐渐看清了它立体而斑斓的色彩，感触到了它跳荡的旋律和深含韵味的风姿。它是一枚奇异的青橄榄，不能不撩人回味！

　　我选了条红色的但艳而不俗的领带，对着镀满阳光的镜子精心系好，又特意把那套"上任"第一天曾披挂的西服穿在身上，一副像模像样的打扮迈出家门。我要背着自己的身影再走上那条已经踩熟了的路，去曼哈顿、去唐人街、去公司向它们和曾慧，还有那些因生意清淡而不得不窝在办公室的"同仁"道别。

　　法拉盛的街道和店铺一如既往地繁忙着，滚滚车流依然穿梭飞驰，往来行人照旧脚步匆匆，这里的所有一切并未因为即将离去的我发生任何改变。"还当你是谁呢？狗屁不是！"我心里嘲弄自己不切实际的"醋意"。在美国人眼里除了自己什么都不重要，即便是现任总统克林顿"驾到"也只能是餐桌上的调料，除非你是洪水猛兽或横空飞来的原子弹。

　　我乘上7路地铁，依然如故地把头埋进当日的中文报纸里，心却仍似绷紧的弦儿，一刻不松地默记着挺进目的地的站数。待地铁开进42街，也不知为何我突然犹疑起来，刚迈向站台的脚又缩回车厢里。我临时决定改变路线，照地铁图的标示再前行两站，然后转乘一路地铁前往其终点站——自由女神岛码头。我说不清为什么会突然改变主张，仿佛内心总有一股难以抗拒的力量在驱使。

隔岸相望的自由女神岛牵引着码头上的游客排起长龙，兜售各色生意的小商贩以游轮闸口为折返点沿堤叫卖，奇装异服的艺人在爵士乐的伴奏下尽现"绝活儿"以赢得人们的欢笑、喝彩和美钞……这里的景象一如我一年前来时的那样，喜气洋洋、沸沸腾腾，似乎天天都在过节。我漫步于码头公园的曲径间，脑子里不由自主地一根根梳理着记忆的思绪——那是7月中旬的一个下午，我们中国新闻代表团一行的老老少少也曾说说笑笑漫步在这条林荫小道，也曾作为"长龙"的一段急切、兴奋地等待游轮开闸放行，也曾乘风破浪驶向那座逐渐放大的矗立在贝德罗岛的自由女神像，也曾……那真是段开心、惬意、无忧无虑的时光。而如今，故地重游的我已全然没有了那份轻松愉快的心情，身边是一张张匆匆掠过的陌生面孔，周围是黄叶飘落的干枯树木，唯一所熟悉的只有自己那被阳光拉长了的孤零零的影子。唉——时过境迁，时下我眼中的纽约已不再是先前的那个纽约！观光者看到的只能是水中月、镜中花，生活者方可真正品咂到美丽画面背后的酸甜苦辣。这便是幻影与现实的距离！

突然，我的视线里闪进一张似曾相识的面孔，他坐在路边一株树下，左手把着的画板支在膝盖上，专注的双眸一抬一垂地正为一位金发碧眼的老妇人画像。噢，想起来了，一年前夏天的那个下午他就坐在这儿，也是照现在这样不知疲倦地全神贯注为游客速写头像。记得，当时我们全团人在此围观，问这问那，竟扰得年轻画家有些惶恐不安。他说自己是浙江人，毕业于中央美院，后托亲戚搭桥来到美国留学，但因付不起昂贵的学费，一年以后即休学了。为了混口饭吃，他只得终日奔波街头，用在国内打下的那点并不差的功底画像挣钱。他不无感触地说："如果单纯论生活，在国内实在太优越、太舒适了！"有人接茬问他，既然如此，为何不回国去？他眼睛茫然地望望天空，努努嘴没有回答……

我在不远处的一只长凳坐下，默默望着他，想着这一幕，心里袭来阵阵犹如初冬般的寒凉。我不知他当初是怀揣着怎样辉煌的抱负来到这里，但现在的他同许多被"出国潮"拥攘的知识男儿一样，随着潮水的退去搁浅在了沙滩上，奇幻的狂想被无情的礁石撞得粉碎，迷茫之中只得委身于他人的国土，望着海市蜃楼的玉宇琼阁挣扎于残酷现实的泥潭。无论结局如何惨烈，在我眼里他们都是悲剧中的英雄——至少他们是以知识的头脑和行动的勇气在描绘也许现实难以企及的理想画卷。然而，最让人难以理解的是那类盲目闯荡美国的人——偷渡者，又称"人蛇"。我始终弄不懂，他们干吗非得花上钱，甚至不惜搭上性命往这个看似或听似"天堂"的鬼地方跑。我把目光缓缓移向蔚蓝色的海面，满载游人繁忙航行的轮船渐渐演化成了那一幕发生在这一海域的悲剧——

1993年6月6日凌晨，在纽约市离岸1000尺的海面上，一艘载有300多名中国"人蛇"的"金旅号"货轮搁浅。于是，一场"抢滩登陆"的战幕就此拉开了。"人蛇"纷纷跳入冰冷的海水，声势浩浩地朝着灯光闪烁的岸边拼命游动。这时美国当局接到消息，派出大批警力火速开往事发现场，沿堤把守，围追堵截，经过一夜"激战"，局势得以控制，结果酿成8人死亡，20多人受伤的惨剧，第二天即在全美引起轩然大波。据当局透露，这些非法移民全部来自福建，"有的是渔民，有的是农民，还有城乡职工，如教师、木工、泥瓦工等。他们年龄大多在20多至40多岁之间。他们的文化程度一般不高，最多只有小学或初中程度。"据悉，这些"人蛇"偷渡美国，每人需向"蛇头"缴付25000—30000美金作"屈蛇费"。"他们绝大多数是上当受骗，听信走私集团的花言巧语，以为只要付给走私集团一笔钱，就可以上到美国来做工赚钱。所以有的人卖房，向亲友举贷，倾家荡产，把仅有的一点钱交给走私集团，告别一家老小，直奔美国而来……"官方统计显示，从1991年到纽约"抢滩登陆"事件截止，已有24艘运载中国偷渡客的轮船被美国当局查获，人数达1126人之多。难怪，美国的大小传媒都将"偷渡"作为热点新闻来炒，经常不断地刊发有关报道。我曾读到不少此类文字，有篇长文的标题甚至赫然标出：中国非法移民冲击美国！

海风徐徐，一波波吹来游客的笑语欢声。我看着轻松愉悦、无忧无愁、脸上甚至荡漾着孩童般天真笑容的观光客们，心里却在想着纽约人常说的一句话：美国不好玩！

后　记

　　这本"域外散文"集前前后后写了二十年，历经的时间真不算短。但只要读过，就会发现我没有停下过笔，一直在写着。为什么会是这样？我想，一方面是我的职业使然，另一方面是选题任性。

　　《东张西望》是我特为所涉域外散文标注的总题目。其意有二：一是方位说，即东寓中国，西指外邦，也就是睁开眼睛观望外界，又以他国之位回望国家，从中找寻文化经纬上的交叉点，以及互联所带来的裂变、交融、落差、思辨等等；二是笔者说，因我本姓张，职业又是记者，东奔西跑是常态，自然，观与察、思与考便成为我植入大脑的习惯，况且我本人有在海外生活、打拼的经历，故对"东"与"西"的关照、体验更深入，感受更深切，思考更深刻，因之"东张"也就有了我独特的个人符号及观察视角。肯定地说，我的域外散文绝不是那类观花赏景的游记，也不是无病呻吟的小情调，而是有触而发又不得不发的心绪衷肠。

　　要想写成这样主题的一本书，不是一件容易的事。首先得有前提条件，其次是知识储备，再次是打通中西隔膜那个点并表述于文字。因此，行文写作的速率自然就慢了，甚至耗得身心俱疲。

　　这本集子由三部分组成，内容涉及欧洲诸国、土耳其、美国。《旅欧断想》，写作时间跨度达十几年，直至今天。其中，有的文稿要磨砺一年半载写成，有的甚至中途放置五年后又续写成篇。它们主要表达了与欧洲文化比较后的反思。有人看过初稿后，不无担忧地提出：文中谈及的都是"痛定思痛"的问题反思，不怕有人误解吗？我说我倒不这样认为，中国五千年的文明历史，好的方面数不胜数，不夸也搁在哪儿，可因此就一叶障目，看不到自己的缺点与不足，那还怎么能进步呢？正所谓老辈人讲的：成绩不说跑不了，问题不说不得了。我想，当我们为自己的悠久宗源自以为是、津津乐道、沾沾自喜时，兜头泼瓢冷水也是件好事，好使我们从另一个侧面或视角反省自己，看清短长，兼收并蓄，以求取古人所教"良药苦口""忠言逆耳"之功效。若要矗立于世界优秀民族之林，便不能见到沙漠方想起森林！当然，我的这些文字还不足以有什么大的"药力"，还失之于浅薄，甚或存有谬误，好歹权当是一剂"引子"，敬请读者见谅、修正。

土耳其乃横跨亚欧大陆，风光迤逦，风情浓郁，令人迷恋，是我本人十分喜欢的称得上是五彩斑斓的国度。《土耳其并不遥远》是我2013年应其政府文化部邀请的访问纪事，但它区别于观光游记类的即景抒情，而是试图透过我与当地人的交往反映那个民族的性情、习俗、文化，更或通过这些个点点滴滴找寻与我们的丝丝缕缕的渊源与联系。这部文稿完成后，土耳其方作了翻译和介绍，据友人、翻译者库太先生来电讲，此文在当地刊出后受到读者喜爱，并打趣称："你已是在土耳其出了名的中国人。"不过，我还是有遗憾，只可惜去的时间太短，未能更深入地体验，感受还很肤浅、很不够。我想，日后有机会一定再去访问这个迷人的国度，继续讲述那里的故事。

《美国往事》是20世纪90年代初我本人在美国生活的记述，是我置身于当地华人中所感同身受的故事，因此讲出来才更真实，更有价值。希望通过这些文字，读者能从一个亲历者的角度看到在美华人生活的另一面。

今天，这本名为《东张西望》的"域外散文"集出版了，期待着读者们的意见反馈。在此，我要真诚地感谢出版社及本书责任编辑为这本书的面世做出的努力。与此同时，我还要特别感谢那些与我一起经历域外生活的人，正因为有了你们的相随相伴，才有了这些文字这本书。你们是上天赐予我的福报与财富，你们的情意铭记我心……

谢谢你们，我的朋友。今生认识你们真好！

张敬民

2015 年 6 月 25 日